Kullervo

库勒尔伏

阿历克西斯·基维◎著

余志远◎译

中国青年出版社

（京）新登字 083 号

图书在版编目（CIP）数据

库勒尔伏 /（芬）阿历克基维·基维著 ; 余志远译. —北京：中国青年出版社，2017.10
（芬兰文学丛书）
ISBN 978-7-5153-4926-8

Ⅰ . ①库... Ⅱ . ①阿... ②余... Ⅲ . ①剧本—芬兰—近代
Ⅳ . ① I531.34

中国版本图书馆 CIP 数据核字（2017）第 236679 号

责任编辑　侯群雄　岳　虹
装帧设计　刘红刚

出版发行　**中国青年出版社**
社　　址　北京东四十二条 21 号　邮政编码：100708
网　　址　www.cyp.com.cn
门 市 部　010-57350370
编 辑 部　010-57350402
印　　刷　三河市君旺印务有限公司
经　　销　新华书店

规　　格　880×1230　1/32
印　　张　8.375
字　　数　180 千字
版　　次　2017 年 11 月　北京第 1 版
印　　次　2017 年 11 月　河北第 1 次印刷
定　　价　28.00 元

本图书如有印装质量问题，请凭购书发票与质检部联系调换
联系电话：（010）57350337

前 言 一

　　芬兰文学应该包括两部分：芬兰语文学和瑞典语文学。芬兰语文学起源于 17 世纪的民间诗歌，19 世纪中期经埃里亚斯·伦洛特收集整理出版了举世闻名的芬兰民族史诗《卡勒瓦拉》。整个 19 世纪是芬兰社会变化最大的时期，也是芬兰语文学真正兴旺发展的重要时期。第一位用芬兰语写作的芬兰作家就是阿历克西斯·基维 (1834—1872)。基维时期，现代芬兰书面语言正在形成之中，在这个过程中基维做出了很重要的贡献。可以明确地指出，基维是芬兰文学的奠基人。芬兰后来的文学都从他的作品中得到了启发，汲取了力量。

　　阿历克西斯·基维 (Aleksis Kivi)，原名 Alexis Stenvall，1834 年出生于努米耶尔维村 (Nummijärvi) 一个穷苦的裁缝家庭，一生坎坷，贫病交迫，最后患精神病死去。他 23 岁才上大学，在大学里他结识了当时文化界的许多名人。斯奈尔曼、伦洛特都曾资助过他，雪格纳库斯也曾做过他的保护人。索奥尼奥曾资助过他两年的学费。从 1863 年起，他一直住在瑞典他的资助人卡·伦奎维斯特小姐那里，并受她的监护。1870 年他的健康状况严重恶化，第二年被送进精神病院。1872 年他被送回芬兰他哥哥居住的地方图苏拉(Tuusula)时，病情已不可救治了。那年冬天他结束了年轻的一生，他去世时才38岁。

基维真正创作的时间并不长。从1864年至1871年，他既受疾病的折磨，又遇到经济的困难。但是，在不到10年的时间里，他奇迹般地写下了12个剧本、大量的诗歌和不朽的巨著小说《七兄弟》。基维从切身经历中撷取题材进行创作，真实地反映了当时的社会现实。

《库勒尔伏》(1859,1860)是基维的第一部剧作。该剧取材于芬兰民族史诗《卡勒瓦拉》，具有强烈的爱国主义精神，是芬兰文学史上第一部悲剧。主人公库勒尔伏由于他父亲家族间的仇恨——兄弟残杀，从小就成为了他叔叔的奴隶。后来他又被卖给铁匠伊尔马利宁，成了他家的牧童，经常受到女主人的鞭笞。由于女主人在他的面包里放石头，他记恨在心，起心报复。他不仅毁掉了主人家的牛群，更杀死了女主人。故事中还有库勒尔伏在不知情的情况下与自己的妹妹相爱。最后他报仇雪恨，杀死了他叔叔，烧毁了他的庄园，自己也自刎而死。基维写这个悲剧的手法是从莎士比亚那里借鉴而来的，中间加了一些喜剧性的插科。

之后，基维又创作了《订婚》(1866年)和《莱奥与丽娜》(1867)。前者虽是一部独幕剧，篇幅不长，却把剧中人物的内心世界表现得淋漓尽致；后者巧妙地运用意识流的表现手法，通过人物自身的感知、回忆、想象和内心独白讲述了一个跨越身份与年龄的爱情故事。

阿历克西斯·基维的剧作是芬兰戏剧的基础。他不仅擅长悲剧，也擅长喜剧。基维在这三部作品中已初步形成他的创作风格与语言特点。《库勒尔伏》是基维 25 岁在赫尔辛基大学学习时创作的,《订婚》和《莱奥和丽娜》是基维 30 岁刚出头时写的,当时他已经在酝酿他的代表作——长篇小说《七兄弟》,该作品被认为是芬兰现实主义的先驱作品。

在翻译基维作品的过程中,译者得到了芬兰专家 Risto Koivisto 和 Pirkko Luoma 的大力帮助。另外,本书的出版还得到了中国青年出版社和芬兰 FiLi(Finnish Literature Exchange) 的帮助。谨此向他们一并致谢。

余志远

2015 年 5 月于北京

库勒尔伏

剧中人物

万奈摩宁（万依奈） 取三宝磨英雄之一，歌者

伊尔马利宁（伊尔马利） 铁匠

伊尔马利妻（伊妻） 波赫约拉美女，被库勒尔伏所杀

勒明盖宁 取三宝磨英雄之一

盖勒尔伏（丘尔宁） 库勒尔伏父亲，族长

盖勒尔伏妻（盖妻） 库勒尔伏母亲

库勒尔伏 主人公

埃妮基 盖勒尔伏女儿，库勒尔夫妹妹，与哥哥相爱

盖尔玛 盖勒尔伏之女，库勒尔伏妹妹

乌托马伊宁（乌托） 盖勒尔伏弟弟，库勒尔伏叔叔，族长

维克萨利 迪埃拉的猎友

基摩 盖勒尔伏手下，乌托奴隶

——出场人物还有乌托妻、迪埃拉、盖普赛、迪麦宁、护林女神、老鬼妇、基利、纽利基等

第 一 幕

（台右是乌托的房屋，台后是自然景色，乌托和基利从台左上）

乌　托　看来一切都很顺利。不过，你是否知道库勒尔伏的情况？我想知道这家伙现在在哪里。

基　利　他在砍树。

乌　托　现在我记起来了，今天早晨，为了考验他，我叫他去砍树的。他斧头用得怎么样？

基　利　像着了魔似的。我从远处偷偷地看他在松树林里砍树。

乌　托　松树林里？我是叫他到山脚下去干活的，不是去砍松树。

基　利　他在那片最好的松树林里高举斧头乱闯，把松树砍得东倒西歪，破碎的树片像烧得红彤彤的铁块，冒出来的火星那样四处飞扬。当他看到高大的松树轰然一声倒地时，他显得十分高兴。——可是，他突然停住了，把斧头砍在树桩上，吹了一阵子口哨，然后开始破口大骂——他骂人，骂天，骂地。当他终于安静下来后，他就一声不吭地坐着，眼睛盯着地面。就在这样的情况下我离开了他。

乌　托　原来他是这样干活的，不管干什么，他总是破坏。他怒火满腔，怒气像湍急的流水，在他心中不停地翻腾。他不是人，而是披着人的外衣的魔鬼。——赶快去他那里，一定要制止他，绝不能让他继续乱砍滥伐啦。

基　利　我马上就去，跟他闹着玩儿是不行的。（下。乌托妻进屋）

乌托妻　还是那张阴沉沉的脸，是不是我们要分离了？算了吧！我是不会走的。

乌　托　你这个老太婆，如果你知道我的面孔为什么如此忧郁，你也就不会感到奇怪了。

乌托妻　难道你不想让我知道吗？

乌　托　我思考了一下昨晚的梦，但它总是挥之不去，你信不信？

乌托妻　你梦见什么了？

乌　托　我梦见我们举行了华丽的婚礼，厅堂里响起了悦耳的竖琴声，库勒尔伏在庭院里还点起了欢乐的篝火。

乌托妻　一切都很好，没有任何问题。

乌　托　等我说完。——很多宾客来祝贺我们，在客人中间我盼望能见到我哥哥盖勒尔伏和他的妻子，但我终于想起来了，在人群中我是再也找不到他们的，因为几年前我已把他们送上了不归路。

乌托妻　这是他们咎由自取。让你哥哥和你嫂子甜甜蜜蜜地安息吧！只要他们还活着，我们就得不到安宁。自从死神卡尔玛把他们的嘴堵住以后，我们就一直生活得无忧无虑。

乌　托　手足相残，殃及双方，哪一方都得不到安宁。我一想起当年的情景和双方你死我活的争吵，我真希望事情会是另一种结局。——不过，先听我说完。当我想起我们亲族之间的命运时，我的欢乐就全部消失了。我从窗户向外看，远望天边，强烈的暴风雨好像即将来临，乌云从东方升起，天色越来越昏暗。我预感到危险即将来临，我们上空很快也出现了可怕的景象。——突然，我们的厅堂着火了，火苗无孔不入，使得我们走投无路，这是库勒尔伏干的。我们大喊救命，而他却放声大笑，结果火势越烧越旺，使我们全都陷入火网之中。盖勒尔伏和他的妻子也从地狱赶到这里，他们像老鹰那样在烈火中穿梭，他们一直飞到火焰把他们翅膀烧焦并把他们吞噬为止，库勒尔伏最终也是被火焰吞没的。在熊熊燃烧的大火之中我们各自在天地之间旋转。现在随着轰隆隆的声音，来自东方的云层正向我们接近，带头的是一股狂风，它好像把我们从悬崖一直吹到万丈深渊，接着我就苏醒了。——这就是我的梦。每当我想起库勒尔伏时，我会忘记这个梦吗？这预示着他将把我们送上死路，不是吗？

乌 托 妻　库勒尔伏在梦中杀了你，因此你要杀了他，这个梦境可以这样来解释。让他等着你把他杀死吧，他的生死不是就掌握在你的手中吗？

乌　托　情况不是这样的，这点我们已经看出来了。请不要忘

记，当我们试图干掉他的时候，我们的办法都以失败
而告终，因为灵魂总是不离开盖勒尔伏儿子的躯体。
这个小孩并不会念咒语，变魔法，但是，正如我们所
看到的那样，死亡在他身上就是不起作用。我们对此
感到惊讶，我们理解这是神灵不允许杀害他。如果我
们再想用同样的方法来对付他，我怕神灵会让仇恨落
在我们头上。有个算命先生也警告过我们。

乌托妻　这样的遗弃儿为什么不允许杀掉？

乌　托　住嘴！我们绝不能再设计害他了。就让他活着吧。——
噢，有客人来我们家了。

乌托妻　是谁啊？

乌　托　走路的姿势很像伊尔马利，虎背熊腰，一头黑发，他
是名扬四海的铁匠。

乌托妻　他是一位很尊贵的客人，我赶紧把屋子收拾一下。（下）

乌　托　（独白）他来到乌托马伊宁的家，但这却是一个倒霉
的地方啊！（伊尔马利宁上）欢迎你来我家做客！是
什么风把你吹到这里，铁匠伊尔马利宁？你想在山林
沼泽间寻找少女的乳汁*，你到这里来是找炼铁的原
料，对吗？

---

* 《卡勒瓦拉》第九篇诗篇中，万奈摩宁对一位老者讲述了铁的起源。他说，
天神乌戈在他的左膝盖上摩擦他那双大手，结果诞生了三个姑娘。姑娘在云
端里徘徊，她们感到乳房十分膨胀，乳头疼痛难熬。后来从大姑娘乳房里流
出的是黑色奶，这就是韧性铁，从二姑娘乳房里流出的是白色奶，这就是坚
硬钢，从三姑娘乳房里流出的是红色奶，这就是生铁。

伊尔马利 我来的原因你猜到了，但我要的是很细的那种，可我没有找到。我正准备转身回家。

乌　托 家里有个年轻的妻子等着你呢，她是波赫约拉美丽的女儿。

伊尔马利 我可以证明，我现在回家，心情是十分愉快的。

乌　托 如同你希望的那样，她也许很快就会给你生个好儿子了，将来跟你一起在锻炉边打铁。

伊尔马利 难道我不希望这样吗？

乌　托 但老天爷还没有赐给我后代。

伊尔马利 老天爷不是给你一个了吗？你大哥盖勒尔伏的儿子，你亲手养大的。

乌　托 什么？让我把这个畜生当作亲生儿子？他是我们家的扫帚星。他什么人的话都不听，他对什么人都是杀气腾腾。嘲笑他是不行的，因为他的力气大得可怕。我曾经宽恕过他，没有把他和他的家人一起除掉，这事要完全怪我自己。现在我不能让双手再次沾满鲜血，我不愿意这样做。

伊尔马利 既然他是这样一个刺儿头，你为什么不把他赶走呢？把他卖给我吧。我刚巧要找个人放牧，我正需要像他这样的人。

乌托妻（从屋里出来）请进来坐坐，伊尔马利铁匠，别马上就走。

乌　托 我有事想跟你商量。——先进屋，卡勒瓦拉的儿子！

（乌托、伊尔马利和乌托妻走进屋子。库勒尔伏上，

他从肩上卸下斧头)

库勒尔伏　（独白）我干完活回来了，但这又怎么样呢？哎呀，要是所有的树木都是同一棵树，所有的斧头都是同一把斧头，正如传说中所说的那样该有多好啊！这样我只要挥动这把巨大的斧头，就能把这棵参天橡树砍倒，我就能知道树是往哪个方向倾倒，朝哪个人身上压下去。——我今天热血沸腾，一想起我叔叔，我的脑袋就要爆炸。乌托，我对你的恨深藏在心底里已经太久太久了！——只要时机一到，我就要立即报仇，就像你杀我全家那样，我要一下子把你全家都杀掉。你杀我父母，让他们的儿子沦为奴隶，你在他的额头上还刻下表示耻辱的印记。（基摩上）我的伙伴来了，基摩，基摩！

基　　摩　库勒尔伏，你想干什么？

库勒尔伏　你看得见这个印记吗？

基　　摩　我额头中间做鬼脸的那个印记你看不看得见？你的印记位置比较高，被你那头黄发所盖住，而我的印记就像公牛额头上的黑点总是看得很清楚。

库勒尔伏　在别人身上，这是男子汉气概在闪闪发光，而在我们身上，这是乌鸦的爪子，它将永远折磨我们，即使到了冥府也还是如此。

基　　摩　我们是奴隶，我们披枷带锁，这是我们命苦。

库勒尔伏　我们不要任何枷锁，伙计。——但为什么他们杀我全家那天把我们赦免了？除了我以外，他们把我父亲的房屋和屋里所有的东西全都烧了。我真希望我们也能成为剑下之魂！

基　　摩　乌托或许不想再杀人啦。——你还记得那天恐怖的情景吗？

库勒尔伏　那时候我只有大人膝盖那么高，我能想起的是，那时天空阴沉沉的，两个兄弟互相打得你死我活。

基　　摩　是乌托首先播下不和的种子，仇恨不断蔓延，接着刀光剑影，血流成河，最终乌托和他手下像老鹰抓小鸡那样偷袭你父亲的家，把盖勒尔伏一家全都杀了。不错，他放我们一条生路，但逼迫我们做牛做马，而当他的奴隶可比死更痛苦啊！不过那时我们离死神也只有一步之远。那时你还是个小不点儿，在热火朝天的厮杀中，你干什么，你还记得吗，伙计？

库勒尔伏　我记不得了。

基　　摩　双方打得最激烈的时候，你强行从你母亲手中挣脱出来，猛地冲入敌人中间，你父亲正处于极度危急之中，而你还没有到达刀剑交锋的地方就倒下了。

库勒尔伏　那时我已经站在通往死亡的路上，但老天爷偏偏把我拉了回来，要让我看看那凶手将来是怎样死的。情况就是这样，但我发誓，一定要报仇雪恨。死亡和烈火必然会把他们彻底摧毁，乌托拉庄园周围除了猫头鹰那凄凉的叫声外将是一片死寂。

基　　摩　别提猫头鹰的叫声。我一想起就浑身颤抖。

库勒尔伏　你听见可怜的鸟叫就会发抖？

基　　摩　请等一等！我们是同病相怜，同样的遭遇使我们成
　　　　　为兄弟，所以我要把事情真相告诉你。请听我说，
　　　　　我是一个杀人犯。

库勒尔伏　哎呀，基摩，你说什么！——你杀人觉得怎么样？

基　　摩　库勒尔伏！我的心快要跳出来了，记忆越来越模糊，
　　　　　生命的白昼已经变成黄昏。

库勒尔伏　在这样的处境中我想象过同样的东西，我考虑过该怎
　　　　　么办。——谁的尸体味儿让你感到如此不安？

基　　摩　乌托手下的一个人。由于两个兄弟互相残杀，很多人
　　　　　的心也变黑了，我就是其中之一。事情是这样的：乌
　　　　　托和他的手下刚刚抢走你父亲的牲口，烧毁麦子正在
　　　　　抽穗的庄稼地。他们的强盗行为令我咬牙切齿，我决
　　　　　心报仇，不久我的愿望实现了。有一天我在树林里碰
　　　　　见乌托某个手下，我当场用箭射他的背，箭头从他胸
　　　　　前穿出，他惨叫一声就倒在血泊之中。我把他的尸体
　　　　　埋在沼泽地里，在他的坟头上盖满了苔藓。就在那时，
　　　　　一只猫头鹰在我头顶盘旋，同时发出凄凉的尖叫声，
　　　　　因此我现在一听到猫头鹰的叫声就会浑身发抖。我真
　　　　　是个不幸的人啊！一想起我的所作所为，我就会感到
　　　　　惊恐不安，尽管我知道我这样做也是徒劳的。

库勒尔伏　原来你是个杀人凶手！

基　　摩　不要跟任何人说，我还要警告你：不要让你的双手染
　　　　　上鲜血，不要考虑报仇的事。报仇者往往事后懊悔，
　　　　　但后悔已经晚了。

库勒尔伏 请注意，我怎么能活着侍候杀害我全家的仇人呢？不过，我绝不能让乌托从我的活儿中得到好处，因为我是奴隶，我不会乖乖地替他干活，我要抬头挺胸，到处走动，看人干活，一声不吭。但我是横眉怒目，咬牙切齿。情况就是这样，基摩，你教我应该怎么办，好吗？逃跑？烙了印记的奴隶很容易被人抓住，并且送回到主人手里。落草为寇，当强盗？冬天的严寒会把我们冻死。我们能像森林之神那样春夏秋冬都生活在松树林里吗？不论赤日炎炎还是风吹雨打，让我像奴隶那样替乌托耕种土地。该死的！不过我在这里又要像这样地磨洋工，看着时间慢慢地过去。我要剖开我的胸膛，扼杀我的仇恨。基摩，你有没有听到过一个囚犯被压在山下的故事？从前有座铁山，它有好几千米高，有好几千米深，有好几千米宽，有好几千米长。这座山的中央，即山的里面，有一个小洞，里面躺着一个犯人。这个洞很小，他连坐都无法坐起来；出气口也很小，为了呼吸新鲜空气，连蚊子都不得不飞到洞外去。这个犯人被永远囚禁在这个闷热的小洞里，他要死，却死不了，只能永远感受窒息的滋味儿，因为热气将永远在洞穴里流动。这个囚犯在这个隐蔽的洞穴里住了好几千年。你说这样痛苦不痛苦？

基　　摩 痛苦极了。

库勒尔伏 你以前是否听到过这个故事？

基　　摩 没有听到过。

库勒尔伏 你明白了吧！我现在就好像被囚禁在山洞里，我想呼吸新鲜空气，我渴望报仇雪恨。我想彻头彻尾地钻进旋风之中，以便飘游片刻。（掐住基摩的喉咙）伙计，你以前是否听到过这个故事？

基　　摩 你这是什么意思？

库勒尔伏 我不知道我这是什么意思。可你杀过人，你犯过大罪，这是你自己承认的。

基　　摩 库勒尔伏！

库勒尔伏 （仍然掐住基摩的喉咙）让我报仇吧，我想马上就行动。

基　　摩 你要杀掉我？

库勒尔伏 不，不是，但允许我把你掐死，然后丢进垃圾箱。你是杀人犯，不是吗？

基　　摩 松手，我的朋友！（库勒尔伏松手）不论干什么，你必须小心谨慎，我刚才跟你说的事，你绝对不能泄露半句。我已经够苦的了，难道你还要雪上加霜？

库勒尔伏 不，我不想这样做。我知道了你的秘密，不过我一定守口如瓶。——我为什么要这样对待你呢？

基　　摩 让你的心情平静下来，让你的血液冷却下来。

库勒尔伏 我想平静下来，我想像冰块那样冷却下来。从今以后，我将冷眼旁观乌托及其一伙人，就像雪人盯着看堆雪人的小孩一样，尽管雪人是孩子们亲手堆起来的，但到了夜间，雪人还是像鬼魂那样使孩子们感到惊恐万状。我一定保持冷静！——你今天的任务是什么？你看起来很疲倦。你是不是在打谷还是在岩石岸边拉鱼网？

基　　摩　我跟着牲口在树林里奔跑。林子里到处是蘑菇，那些牲口一见蘑菇就乱跑。

库勒尔伏　基摩是个很规矩的人。我记得，当他侍候我父亲时，他是又粗鲁又固执，完全是另一种人。

基　　摩　随着岁月的流逝，我们都会变的，不过有些本性的东西是不会变的。

库勒尔伏　关于我父亲，你记得些什么？

基　　摩　他脾气暴躁，但人很老实。

库勒尔伏　你今天拉渔网了？

基　　摩　我不是说过了，白天我放牧。——伙计，你的模样多么可怕呀，眼里闪烁着逼人的冷光。你的面颊苍白无力，你整天咬紧牙关，弄得下巴的青筋都暴露无遗。让这种模样见鬼去吧！令人害怕的不是大声吠叫的狗，而是无声无息的小妖怪。

库勒尔伏　你觉得到晚间还有多久？

基　　摩　快了，不过我还想说几句。如果你以为你可死后带着怨恨到另一个世界，那么你的怨恨积压在心中就太久了。万依奈的确说到过阴间里有滚烫的石头块儿，但是，我的朋友，那可是编造出来的故事而已。

库勒尔伏　怎么可能呢？

基　　摩　人死如灯灭。给我们带来苦难的手足相残也是如此，但最终和解能给我们带来永久的和平。

库勒尔伏　（深深地叹了口气）双方还都活着的时候，为什么不和解呢？不然的话，现在情况就会完全不同。我们会住在盖勒尔伏家宽敞的厅堂里，我们住的房屋位于一望无际的荒原中间，周围是田野和棕熊出没、鸟声不断的森林。基摩，我们会高高兴兴地生活在这样的地方。——老天爷，运用你那强大的力量，解开引起兄弟间互相残杀这个绳结！转动你的时轮，让它转回到我孩提时站在家乡山顶，北风吹拂着我的鬈发的时代。让你的时轮停住片刻，然后沿着无边无际的天空继续向前转动。不过，那时候我知道我应该如何跟着它转动。那时候兄弟间的仇恨还会静悄悄地生根发芽，但当它想从地底下冒出来时，万依奈的五弦琴就会立即将其掐死，盖勒尔伏和乌托将会握手言和，双方将永远和平共处。那时候，随着时光的流逝，我在父亲的教导下长大成人，手拿亮晶晶的长矛在森林之国——麦德索拉城堡里打滚玩耍。我们冒着猛烈的炮火冲向波赫约拉，并把它彻底摧毁。我们怀着高度自豪感凯旋而归，谁也不敢再对卡勒瓦拉人民敲诈勒索，从此以后我们过着自由自在的生活。那时候，我们可以生活在蔚蓝的天空下，站在海边远望，大海茫茫，天海合一。——而现在我就是这样折磨自己，从散发出臭气的地方凝视着遥远的幸福宝地，它像金色的松树林耸立在我们的面前，但它的另一端却是无法到达的大海。当我看到这一切时，我只能在这儿转悠，而我呼吸到的却是该死的混浊的空气。我感到筋疲力尽，我太困了，眼皮很快就要合上：让我到树林里铺满苔藓的床上去睡觉吧。我将忘记一切，我将立即进入梦乡。

（乌托和伊尔马利从屋里走了出来）

乌　托　库勒尔伏，你现在离开我的家，跟着伊尔马利走吧，因为我已经把你卖给他做奴仆了。他要怎么对待你就怎么对待你。

伊尔马利　小伙子，我要你替我放牧，如果你干得好，你就不会有什么问题；但如果你耍花招，我知道该怎么收拾你。

乌　托　从今以后，你那漂亮的鞋子就会浸泡在沼泽地里，你那引以为荣的鬈发就会被树枝勾住。

库勒尔伏　当我再见到你的时候，我仍然会像森林之神那样摇头甩发。——我的身价多少？

乌　托　你管它干什么？

库勒尔伏　我想知道他买一个人付了多少钱。

乌托妻　（从屋里出来）5 把镰刀，你这个孬种。（下）

库勒尔伏　"人不在大小，马不在高低。"

伊尔马利　现在准备上路，库勒尔伏！

库勒尔伏　我跟你走。你们要不要检查一下？我的衣柜、工具箱、钱包，所有的东西都在这里。插在我腰间的那把刀是我父亲留给我的，也是我唯一的财产。我会像忠实的家犬那样跟着你。（对乌托说）我走了，但我们还会见面的。在我最终走近你，并让你彻底长眠之前，你在夜间是绝对睡不好觉的。

乌　托　走吧，以后再也别回来。

库勒尔伏　我还会回来的。

伊尔马利　走吧，别再说啦！（下）

库勒尔伏　来了。（跟着伊尔马利下）

乌　托　（自言自语）这家伙的话令人恶心，让我浑身不舒服，
　　　　不自在。我的天哪，以后晚上要熟睡就很难了。这家
　　　　伙复仇之心不死，他总有一天会在我的头上动刀。（进
　　　　屋）

基　摩　（独白）他就这样离开了我们。我们也许再也见不到
　　　　了。——一个给卖了，一个暂时留下了。这是我们的命，
　　　　像畜生那样可以买卖。这有什么办法呢？只能得过且
　　　　过，做一天和尚撞一天钟。（纽利基上）

纽利基　你好，伙计！

基　摩　是你？你在这里干什么？抓鸟抓得怎么样？

纽利基　管它干什么！——不过，我知道一件怪事。

基　摩　快告诉我！

纽利基　如果我告诉你，你说你又会怎么样呢？

基　摩　我还不知道你要说什么。事情跟谁有关？

纽利基　这关系到三个人：盖勒尔伏、库勒尔伏和乌托马伊宁。

基　摩　你也许看见了盖勒尔伏的鬼魂？

纽利基　不是他的鬼魂，而是他的人，跟我们一样是有血有肉
　　　　的人。他活着，他妻子也活着，他们还有两个女儿。

基　摩　你为什么这样说？

纽利基　我说的是我亲眼看见的事。

基　　摩　你在哪里见到他们的？

纽 利 基　在荒原上见到他们的。他们的小木屋就在湖旁一个岬角的尖端。他们住在那里，完全与世隔绝，盖勒尔伏改名为丘尔宁，这点我是知道的，因为我在他们的厅堂里睡过两夜。

基　　摩　你怎么知道他就是盖勒尔伏？

纽 利 基　我偶然听到他们在聊天，他们根本没有注意到我，我从他们的谈话知道了事情的经过。当时他们坐在湖边，谈起了过去的事情，想起了他们的儿子库勒尔伏，他们以为他早就死了。我感到非常惊讶，但我很快就认出他们是以前的盖勒尔伏和他的妻子。如果这不是真的，那你可以割断我的喉咙。

基　　摩　但是他们没有看见你？

纽 利 基　我不是傻瓜，否则他们就会追上来把我杀了。

基　　摩　（自言自语）这也许是可能的。（大声地）你现在准备干什么？

纽 利 基　把这一切告诉库勒尔伏和乌托马伊宁。

基　　摩　库勒尔伏已经不是乌托的人，他卖给了另一个主人。

纽 利 基　天哪！但是乌托应该知道这件事。

基　　摩　此事你不许向任何人泄露半句，包括库勒尔伏在内。我想去调查一下，看看情况究竟是怎么样的。如果你说的是真的，我知道我该怎么做，但你必须守口如瓶。记住我说的！

纽 利 基　不过这不是一般的事情——

基　摩　不要不过了。如果你向任何人泄露半句的话，我就宰
　　　　了你。我发誓我一定会这样做的。

纽利基　好朋友，我会像教堂里的老鼠那样一声不吭，我绝不
　　　　向任何人透露任何情况。

基　摩　就这样吧，赶快走！

纽利基　好，好，瞧你的样子，我的兄弟！你连我到乌托家待
　　　　一会儿都不让吗？

基　摩　上帝保佑！我不让你进去，你马上离开这里！

纽利基　好啊，多多保重。（纽利基下）

基　摩　（独白）我想知道真实的情况。我马上到荒原去找我
　　　　过去的主人，我不会再回来了。我要跟盖勒尔伏和库
　　　　勒尔伏一起在那里捕鱼打猎。我相信夕阳西下之前，
　　　　阳光还会透过云层普照大地。天亮了。——乌托马伊
　　　　宁，永别了！我想我永远也不会再见到你啦！

第 二 幕

第 一 场

（森林地带。牧童库勒尔伏上，腰间挂着一个桦树皮筐和牛角）

库勒尔伏 （独白）穿过茂密的森林我迫不及待地想看到的就是这块平原。我还以为它是无边无际的，不过我又能自由呼吸，喘喘气，让额头凉快一下。这里是阳光普照，比起来没有树林里那么热。——太阳啊太阳，快些由西下山从而结束这一天吧！牧童在此请求你这样做，因为我是靠你的光线和转动的影子来计算时间的。光影是由西向东转动，而你的行踪却正相反，你是从东北开始，在西北结束，在太空中划了一个巨大的弧形。灿烂的阳光，你是金光闪闪的光束——啊，库勒尔伏！你是不是成了可怜的牧童？是的，你是成了牧童，但仅仅是今天这一天而已，你要把你的怒火深藏在你的心中，并且你还要毒上加毒。你能够这样做真是太好了。——等一等，太阳的影子在哪里？噢，正对着北方，现在是中午，牧童该吃饭了。我吃，但我边吃边嘲弄他们。——他们给我吃什么干粮？（从筐子里拿出面包）表面上你看起来很光滑，但里面也许很粗糙。（用刀把面包切开）哎呀，切到什么东西了？我的面包里掺了一块石头，把我的刀都切崩了。这把刀是我父亲留给我的纪念物。你这个臭婆娘，这一定是你的阴谋诡计，因为我昨晚讽刺挖苦了你，所以你就这样对我进行报复。谁不把我当人，我就臭骂他，我就对他说刺儿话。（把面包扔掉）你这样整我太愚蠢了。你对我的心肠很坏，你这个臭婊子。我发誓一定要以牙还牙。让牧童现在变成吃家畜的野兽吧！伊尔马利家的女主人，你的家畜，你一头也不会再见到了。（把桦树皮筐扔到树林里）。我放牧放够了，我不干了。——以前白昼显得很漫长，但今天它却归心如箭，轰然一声向西山后倒下。波赫约拉女儿，你的诡计缩短了我那安详的时刻，把我心中的反抗变成了狂风暴雨。夜晚来临之前，我将毁掉你的家畜，烧掉你的房子。——我本来就想这样做，现在就让它毫无限制地来吧！不管是好还是坏，就让这一切来吧！如果我会咒语，我一定会把方圆百里之内的毒蛇猛兽召集到这里，让它们饱食一顿。（老鬼妇上）你是谁？你的模样太可怕了。

老 鬼 妇　我能让你实现你的愿望。

库勒尔伏　什么愿望？

老 鬼 妇　把林中野兽召集到这里。

库勒尔伏　为什么？

老 鬼 妇 它们能把家畜杀死，那个女人在你的面包里放石头，她要因嘲弄你而付出代价。

库勒尔伏 你好像懂得不少。你来自哪里，叫什么名字，干什么的？

老 鬼 妇 我叫埃娅塔尔，我的住所在山洞里，我的任务就是迫害人。妖魔鬼怪为我服务，在它们帮助下，我可以大有作为。

库勒尔伏 你是幽灵族的人。

老 鬼 妇 我母亲的父亲是鬼神——希斯。

库勒尔伏 你来自这样一个大家族，你也许对魔法了如指掌。请你尽力而为，用魔法把林中野兽全都召到这里来，让它们在我的畜群里狼吞虎咽吧！

老 鬼 妇 我马上就这样做，不过复仇不能到此为止，你要向我发誓一定要把伊尔马利宁全家都毁掉！

库勒尔伏 我为什么要向你发誓，老太婆？——其实我早已决定烧掉铁匠的房子。今晚我就动手，但我还不想流血。（护林女神从左边上）谁？你是何方神仙？你的面容如此慈祥，你笑得又是如此的甜，但这都是不值得的，因为这个世界是非常残忍的，有头脑的人都会骂娘。——扔掉你现在的模样，我的姑娘！不值得这样做，请相信我，不值得这样做。

护林女神 我看到的是怨恨，但我还是要带着这样的模样。不过，我感到很高兴，因为我在这里看到了欢乐。

老 鬼 妇 千万别上她的当！她看起来很纯洁，很稳重，其实专门骗人。你必须叫她走人。

库勒尔伏　我就这样做，但我不是按你的命令做的，你这个可恶的鬼妇。你以为你强大无比，而我是在你的控制之下，或者至少要拍你的马屁，对吗？（对护林女神说）而你呢？你是一位很柔美的姑娘，但你骗不了我。你最好还是离开这里，不过我还是想问一问，你是谁，你是干什么的？

护林女神　我的家在森林之国——麦德索拉，我也是在那里工作。我帮助长途跋涉的人，遇到迷途的人我给他们指路，遇到落魄的人我给他们安慰。

库勒尔伏　姑娘，你的生活是无上幸福的。

老 鬼 妇　她在装腔作势诱骗你。

护林女神　库勒尔伏，你终会有云开见日的一天，所以现在你得委屈一下，听我说，好吗？

库勒尔伏　你来晚了，护林女神，你来晚了！

护林女神　别丧失信心。——什么时候你听到从天际传来云雀叫声，请注意这个信号！

老 鬼 妇　什么时候你听到从高山悬崖传来渡鸦叫声，请注意这个信号！

护林女神　渡鸦叫声我不懂，但小云雀的叫声我知道，它告诉我们库勒尔伏还会福星高照。

老 鬼 妇　云雀叫声我不懂，但渡鸦的叫声我知道，它告诉我们，当渡鸦变得雪一般白时，库勒尔伏还会交好运。

库勒尔伏　预测得好，老鬼妇。

护林女神 库勒尔伏，你的父亲和母亲，他们还活着。

老鬼妇 你在撒谎。

库勒尔伏 你是个蹩脚的算命先生。

护林女神 鬼妇，不要因邪恶而高兴！

老鬼妇 我是实话实说，我最恨从你嘴里说出来的谎言。

护林女神 我没有在撒谎。

老鬼妇 你在撒谎，你这个摇尾乞怜的小狗。如果我愿意这样做的话，我就可以把你一口气吹到拉毕山上去。

护林女神 你没有这么大的力气。

老鬼妇 千万别惹我生气。

护林女神 我不怕。

库勒尔伏 我想打断你们的争吵。（对老鬼妇说）我让你替我服务，但另一个要离开这儿。——快走，年轻的姑娘！

护林女神 为了你自己的幸福，你必须马上这样做，从这里赶紧往东北方向走，一直走到一个名叫鱼塘的湖泊，你的父母就住在那里。

库勒尔伏 你知道，姑娘，他们化成灰烬已经有十几个寒暑了，此时此刻他们正在阴间的草原上游荡。

护林女神 同一个太阳照耀着我们，也照耀着他们，他们住的木屋就在鱼塘旁的云杉树林里。

库勒尔伏 他们是在烈火中烧死的。你听见我说的了吗？

护林女神 他们神不知鬼不觉地从烈火中跑了出来，逃进荒山野岭，而现在还住在那里。

库勒尔伏 我的天哪！这是真的吗？他们还活着！——噢，就算是这样吧，但我不想知道他们的情况，我不想知道。阳光不值得再照在这块土地上，因为这里只有乌天黑地，狂风骤雨，报仇雪恨，血流成河。我已落草为寇。——离开我们吧，我的姑娘，别用你的故事来嘲弄我的复仇行动。快走吧，你这个披着漂亮外衣的骗子！

护林女神　好，就像你的幸福那样，我将永远离开你。你现在才是个毫无头脑的人，小心别让神灵惩罚你。（下）

库勒尔伏　你和鬼神，所有的人，你们全都走吧！我想在黑夜里独自在芬兰岛上游荡，像獾熊那样孤苦伶仃，它的快乐就是黑暗。（对老鬼妇说）你还在等什么？赶快行动，尽力而为，工作本身就是你的报酬。

老鬼妇　等一等，那片云从太阳表面离开之前，伊尔马利宁的家畜已经都死掉了。（下）

库勒尔伏　（独白）我的心为什么仍然分成两半？为什么仍然有两种不同的声音在说话？从今以后，我只想听到愤怒的声音，复仇的声音。这样做对决定离开遮风避雨的木屋而到树林里去生活的人是合适的，熊熊的篝火将是他唯一的朋友。在冬天满地风霜、星光闪烁的时候，篝火跟我会像兄弟那样紧紧握住对方的手。我想生活在树林里，我的巢穴在大地怀抱深处，云杉树旁的篝火会保护我度过寒冬。从今以后，我就住在这里。当我在平原上出现时，让大家震惊得颤抖吧！（纽利基急匆匆上）

纽利基　你是不是放牧这群牲口的人？

库勒尔伏　是的，不过我刚才已经把这个工作辞掉了。

纽利基　你把这工作交给谁了？

库勒尔伏　交给老鬼妇了。

纽利基　别耍花招了。我知道这群家畜是伊尔马利的，你是他家的牧童。你见到野兽把牛撕成碎片，但你却不冲过去抢救。伙计，你为什么若无其事地站在这儿？

库勒尔伏　我在参禅。

纽利基　你在参禅，而伊尔马利的牲口正遭受如此严重的损失。

库勒尔伏　吃一堑，长一智。

纽利基　你是不是失去理智了，伙计？跟我走，把那些野兽赶跑。它们是这么大的一群，我一个人不敢靠近。你看，那只狼是怎样咬住牛的喉咙的。看！现在那头牛倒下了。

库勒尔伏　从今以后，如果我再当牧童，我就知道怎样防止这种灾难发生。

纽利基　怎样防止？

库勒尔伏　我就不让野兽咬住牛的喉咙。

纽利基　那你现在为什么不这样做呢？

库勒尔伏　我想先看看这场表演。这很有意思，不是吗？你听听那些咆哮声！

纽利基　你觉得很有趣，是吗？

库勒尔伏　我从心底里觉得很有意思。——噢，你是谁？你为什么在这里说三道四？

纽利基　我叫纽利基。

库勒尔伏　你好，林中恶鬼！瞧，你的身材那么短小，眼睛又是
　　　　　歪的。

纽 利 基　虽然我叫纽利基，但我不是森林之神的儿子纽利基。
　　　　　这个名字是我父母开玩笑时给我取的。——就这样
　　　　　吧——不过我是捕鸟者纽利基，跟你一样是个认认真
　　　　　真的人。

库勒尔伏　那你快去检查一下你的陷阱和猎网吧。不要扰乱我和
　　　　　我的牲口。

纽 利 基　你看，你现在连一头牛都没有了，你这个可怜的牧童！

库勒尔伏　快滚！

纽 利 基　我走，我的好朋友。虽然我说了你几句，可你不要背
　　　　　后捅我一刀啊！我只是一片好心而已。

库勒尔伏　好啊！如果你不想死，那你就马上给我滚！

纽 利 基　如果你不想死？你这是什么意思，勇敢而又快乐的
　　　　　人？（自言自语）他看来很生气,他什么事都干得出来。
　　　　　（大声地）虽然我一时糊涂说了你几句，但你不会在
　　　　　背后捅我一刀吧？

库勒尔伏　我可让你气死啦！

纽 利 基　你听我说，伙计，你的父母还活在深山野岭里。这我
　　　　　是知道的，但你千万别跟乌托家基摩说你是从我嘴里
　　　　　听到的。

库勒尔伏　你现在走不走？（从地上举起一块大石头，朝纽利基
　　　　　扔了过去，纽利基撒腿就跑）你要感谢你的两条腿，

走慢半步你就成残废了。——现在我回伊尔马利庄园
干完我今天的活儿，然后我就直接去找乌托马伊宁报
仇雪恨。（下）

第 二 场

（外面。伊尔马利房屋在台左，台后是一片湖光山色。
伊尔马利妻从屋里出来）

伊　　妻　（独白）夜晚就要降临，云杉树越来越黑了，山上那
　　　　　棵松树也是朦朦胧胧，好像披上了灰色的轻纱。在阴
　　　　　间多云的日子，对牧童来说，这表示天渐晚了。可是
　　　　　今天我们家的牧童为什么还不回来呢？他应该在树林
　　　　　旁吹响起他的号角，让牛铃叮叮当当作响。（一个侍
　　　　　女从台右上）我的姑娘，天色越来越暗了，但我们家
　　　　　的畜群却还没有回来。

侍　　女　今天整天乌云密布，也许牧童分不出白天与黑夜的界
　　　　　限。

伊　　妻　今天我们把他狠狠地作弄了一番，在他的面包里放了
　　　　　石头。因为这个缘故，他也许第一天放牧就感到很不
　　　　　顺心。

侍　　女　他说话那样刻薄，这是活该。——噢，是谁来了？纽
　　　　　利基，这个飞毛腿！（纽利基从右边上）

纽 利 基　伊尔马利夫人，波赫约拉的大美人，你好！

伊 妻	你是从树林里来的，你也许看见了我的牛群和牧童库勒尔伏，是吗？
纽 利 基	他放牧很出色，就像山羊看护开垦地一样。他好像跟树林里的野兽串通一气把你的牲口全都宰了。
伊 妻	我预感到要出问题。纽利基，你说得好像出了什么事啦。
纽 利 基	简直是大灾难，我亲眼看见的。
伊 妻	你看见什么了？
纽 利 基	那些狼生吞你家漂亮的牛。
伊 妻	这种谎言我们不感兴趣。
纽 利 基	很快你就会知道我说的都是实话。你看见吗？天已经黑了——虽然还有太阳，但很快就会下山，而你的牛群连影子都还没有。
伊 妻	难道必须相信你说的？愿天神为我们消除这类灾害！你说什么来着？我所有的牛都被狼吃了？
纽 利 基	没有一头牛幸免于难。
侍 女	牧童应该跟着畜群，不是吗？狼群袭击牛的时候，牧童在哪里？
纽 利 基	他就在旁边，可他很高兴地观看这场血腥的大屠杀。如果他当时能跟我一起去救牛的话，那么现在应该还有很多条尾巴还在摆动，但那个家伙就动也不动，而是对我说冷嘲热讽。我一个人没有胆量靠近那些野兽，因为它们多得数不胜数，我只能站在旁边看着那些牛被狼吃掉。我在他的面前气得大喊大叫，我厉声

叱骂，还想揍他一顿，幸亏我及时发现他的本领要比我强好几倍。你可能不信，他一下子就把这样大的石头举过头，然后对着我掷了过来。感谢上天，因为我生来就有一双飞毛腿。

伊　　妻　那就是说我的牲口都毁掉了！全都死了，纽利基，对吗？

纽 利 基　你这么难过，我并不感到奇怪。——是的，全都死光了，有什么办法呢?！

侍　　女　你在什么地方看见这场灾难的？

纽 利 基　离这儿有10里路，赛乌那山的牧草地里。

伊　　妻　他气冲冲地把牲口赶到那么远的地方。

侍　　女　但是，你要知道，如果你撒谎，那你自己也就不该放过这样的谎言。

纽 利 基　如果我对你们说的话中有半句谎言，请铁匠师傅用铁锤把我的脑袋砸扁吧！（从台右传来库勒尔伏的声音）牧童回来了，但牲口在哪里？

伊　　妻　我的牛在哪里，小伙子，我的牛在哪里？（急急忙忙走到台右）

纽 利 基　我的女主人，你听我说，千万别对他说你是从谁那里知道这情况的。否则的话，他会马上要我的命。他会这样做的。我的姑娘，我是不得不把他的所作所为告诉你们的，这一点你对他可半点儿都不能泄露。他是个恶魔，我们还没有意识到之前，他就可能用手指头把我们俩都掐死。——他来了。我要到后面躲起来，看准时机我才现身。

侍　　女　纽利基，你真勇敢啊！

纽 利 基　按我说的去做，我的姑娘。你不要把我对你说的对他说。（从台左下。库勒尔伏和伊尔马利妻从台右上）

库勒尔伏　一切都很顺利。

伊　　妻　你把我的牛赶到哪里去了？快说！

库勒尔伏　黑鼻牛正在树林里漫游，它们疾步行走，但是用的不是自己的腿。

伊　　妻　直接回答我的问题！

侍　　女　你知道，鞭子正等着你呢！

伊　　妻　我的宝贝奶牛在哪里？我的弯角牛在哪里？

库勒尔伏　它们正在狼的肚子里轻松地滑来滑去，不过它们这样滑动不用交路费。

伊　　妻　都被狼吃光了？

库勒尔伏　一头也不剩。

伊　　妻　你这个倒霉的牧童！

库勒尔伏　他是很不幸，因为放牧生涯令人讨厌，所以我想轰轰烈烈地结束这一切。我观看这场血淋淋的表演感到很高兴，让我的胸膛重新鼓得高高的。

伊　　妻　那你为什么要夸大其词呢？我不相信那些野兽吞噬我的牲畜时，你会袖手旁观。如果你说灾难降临时你跟那些牛走散了，那我会考虑从轻发落。

库勒尔伏　但事实并非如此。是我害死你的畜群的，这一切发生得如此之快，还要感谢老鬼妇，她从四面八方把狼召集到树林里，而她这样做都是按照我的命令进行的。

伊　　妻　你这个混蛋、魔鬼，你为什么要这样做？

库勒尔伏　你这个泼妇，为什么你要在牧童的面包里放石头呢？好吧，既然对我来说一切都很顺利，那么跟你争辩还有什么意思呢？

侍　　女　你应该感谢我们，而不是向我们报复，因为是我们让你交好运的。

库勒尔伏　我的幸福就是在报复之中，现在事情已经这样发展了，我可以有所作为。

伊　　妻　事情会怎么样，你很快就会看到的。（对侍女说）快去通知伊尔马利！

侍　　女　他在作坊里，我马上把他带来。（从台右下）

库勒尔伏　让他来吧。让他带着他手下的人、铁锤和钳子。

伊　　妻　想不到奴才的口气还真大。

库勒尔伏　奴才！你敢再说一遍？！

伊　　妻　我为什么不敢？狗奴才，你是额头上烙了印的奴才，是我们花钱买来的奴才！

库勒尔伏　你这样说，我顿时心火上升，怒不可遏。住嘴，老太婆！

伊　　妻　在你面前住嘴？无耻！你这个野兽，你为什么要害死我的牲口？

库勒尔伏　是啊，但我不是奴才。

伊　　妻　奴才，你就是狗奴才！

库勒尔伏　该死的！（用刀刺向伊尔马利妻的胸膛）我的刀还管用，哈哈哈！

纽利基 （从台左冲上舞台）杀人啦！杀人啦！快来人啊！杀人啦！（消失在台右，侍女上）

侍　女 谁喊杀人啦？——真糟糕！夫人被杀了！谁干的？（对女主人说）快醒醒，睁开您那温柔的蓝眼睛。哎呀，她死了！（对库勒尔伏说）你，是不是你干的？（推库勒尔伏的胸部）你这个恶鬼，是你杀死她的！

库勒尔伏 没错。她死了没有？

侍　女 她死了，永远也不会活了。我们的人来了，快点儿！（纽利基和伊尔马利几个手下从台右上）

纽利基 就是他！先把他绑起来，然后就像他杀掉女主人那样把他杀掉。大家齐心协力把他抓住。就这样吧，狠狠揍他一顿！

手下一 可怜的人啊，你干了些什么？

手下二 你杀了夫人？

侍　女 波赫约拉的女儿冷冰冰地躺在地上。如果你们尊敬她的话，你们就应该替她报仇。让凶手求生不得，求死不能。

纽利基 狠狠地用鞭子抽他一顿。

侍　女 伊尔马利为什么还没来？

纽利基 他在泉水那边，我看见他了，他来了！

库勒尔伏 你们打算怎样对付我？

手下一 你是罪有应得！

手下二 严加惩罚！

纽利基 先用鞭子狠狠地抽他一天，然后处死。

库勒尔伏 我不相信。给我滚开！（突然拳打脚踢，一下子把周围的人打得落花流水）

纽 利 基 你这个疯狗，你想干吗？

侍 　 女 找人，快去找人来！

库勒尔伏 别喊，姑娘！没有人能管教我的。——我本来想让复仇之火越烧越旺，但今天就到此为止。——现在我自由了，我想去哪里就去哪里，树林任我通行。（下）

侍 　 女 难道你们就这样让他走吗？

手 下 一 我们有什么办法呢？！

纽 利 基 他就是鬼神希西。

侍 　 女 他是杀死波赫约拉美女的凶手，难道就这样便宜了他？（传来库勒尔伏吹的号角声）

手 下 一 谁能征服他？

手 下 二 我们这帮人征服不了他。

侍 　 女 那你们的弓在哪里？快向这个魔鬼射箭，把火红的箭射向他的肩膀。

手 下 一 你箭还没有射出去，他就已经逃进了树林。噢，铁匠来了！

伊尔马利 怎么回事儿？

侍 　 女 伊尔马利，你放声大哭吧，夫人她——她死了。（伊尔马利走到妻子尸体旁）这是你家牧童库勒尔伏干的。

伊尔马利 天哪！她全身冰冷，她死得好惨啊！（远处传来库勒尔伏的牛角声）

侍 　 女 她已经断气了。

伊尔马利　凶手呢？凶手在哪里？

手 下 一　他像山猫那样逃走了。他的号角声是从遥远的树林里
　　　　　传来的。

伊尔马利　你们为什么放他走？（一把抓住手下一的领子）你这
　　　　　个该死的，你胆敢放走那个畜生，我马上把你送到阎
　　　　　王殿去。

侍　　女　等一等，伊尔马利，听我把话说完。他们竭尽全力企
　　　　　图把他征服，但这个魔鬼实在是力大无比。

纽 利 基　侍女说的都是实话。他像掷旧鞋般的把众人全都甩掉，
　　　　　然后撒腿就逃跑了。这一切发生得非常快，遗憾的是
　　　　　我想帮他们也来不及。听我说，伊尔马利，库勒尔伏
　　　　　是不能嘲笑的。今天我见到这样的情况已经是第二次
　　　　　了。在树林里他把这样大的一块石头朝我掷过来。当
　　　　　我打算揍他，因为，你看，铁匠师傅，他不帮助我从
　　　　　狼的嘴里抢救那些牲口。

侍　　女　伊尔马利盯着地上看，他的眼光太可怕了。啊，今天
　　　　　真倒霉呀！这样一来我们将永远愁眉不展！

伊尔马利　我可爱的妻子，你安息吧，希望你早日进入玛那极乐
　　　　　世界！真是天有不测风云！刚才你还是红颜欲滴，而
　　　　　如今你是月缺花残。刚才你还是持家有方，很活跃，
　　　　　很有劲头，而如今你是无声无息，把所有家务事全都
　　　　　置于脑后。灶上的铁锅在等待着女主人，但女主人在
　　　　　哪里呢？啊，她在哪里呢？

侍　　女　欢乐已经跟炉灶和你的餐桌永远告别了。

伊尔马利　刚才她还是温情柔意，风风火火，而现在却成了一具尸体，一抔黄土。

侍　　女　（坐在尸体旁哭泣）哭出来吧，伊尔马利，哭出来吧！

伊尔马利　我会整天整夜地哭，这个夏天炼铁铺里再也不会冒出火星了。风箱、铁砧，你们休息一下吧！我伊尔马利要哀悼我的妻子，我要思念波赫约拉美丽的金发女郎！唉，"天长地久有时尽，此恨绵绵无绝期"。（进屋下）

　　（幕间休息）

第　三　场

（鱼塘旁盖勒尔伏的木屋。夜间。基摩在松明的亮光下织渔网）

基　　摩　（独白）明天，太阳升起之前，我要去伊尔马利家把库勒尔伏带到他的新家来，带到这儿深山野岭里来。你替铁匠妻子放牧肯定是非常艰苦。我知道这样做一定刺痛了你的心。然而，明天将是你的解放日。你的父亲、你的母亲、你那漂亮的妹妹，他们都不知道你还在这片荒原上游荡，而你出现在他们屋檐下之前我是不会向他们泄露半句的。到时候一家团聚，抱头痛哭，那该多么高兴啊！那时候，盖勒尔伏，你的胡子就会像暴风雨中的白杨树叶那样飕飕地颤动。而你的夫人就会高兴得说不出话来了。你们有个女儿在树林里走丢了，好像你们要永远失掉她似的，为此你们伤心欲绝，但等到失散多年的儿子回来，好像从死里复活似的，代替你们的女儿，你们一定会感到极大的安慰。——你们现在仍在悲痛之中，一刻不停地在树林里来来回回转悠，寻找你们不幸的女儿。——不过现在趁天气暖和，风平浪静，我要到湖边去撒一下渔网。（背着渔网下。盖勒尔伏上）

盖勒尔伏　我那漂亮的埃妮基，我没有希望再见到她了。——不管到哪里，我总是噩运缠身。——我看见我的小儿子倒在贼人的刀剑之下后，为了避开我那坏蛋弟弟的血腥残杀，我就逃到深山野岭里隐居，以为在这里可以得到平安。——我在这里的确生了两个女儿，当我看见她们长得亭亭玉立，我几乎忘掉了昔日的惨祸。可是，这样的乐趣现在却成了痛苦的源泉，它使劲地折磨着我们。我宁愿一个女儿也没有生，也比一个不知所踪要好。——时间的消逝就好像弹指之间，有时很短，有时很长，但事实上很短，而且很难熬。我这个老头儿再次饱受了噩运的折磨，经过千疮百孔，我的心已经变得跟铁石一样坚硬。（盖勒尔伏妻和她女儿盖尔玛上）

盖　妻　她去哪里了？告诉我，咱们的乖女儿埃妮基去哪里了？

盖勒尔伏　我不知道，难道你以为她已经回家了？

盖　　妻　我在路上走的时候跟神灵进行了商量。我强烈希望神灵能答应我的请求。我向神灵祈祷，希望从树林里回来时我能看见埃妮基在家里等候着我。我就是这样跟神灵讨价还价。我是拼着命这样做的。我以为我的愿望会实现的，于是我归心如箭，撒腿就往家里跑。然而，愤怒的痛苦开了个玩笑，最终玩笑反而成真。我是多么不幸啊！我的痛苦不但没有减少，反而有所增加。这里我见不到埃妮基，我见不到我的孩子了。

盖勒尔伏　你永远也见不到她了。即使没有给野兽吃掉，在树林里迷路这么久，吓也吓死了，因为她生性柔弱。

盖　　妻　唉，多么深的痛苦啊！

盖勒尔伏　我们的痛苦的确很深，但怨恨是无济于事的，因为我们是命中注定。遇到噩运时最好的办法就是硬起心肠。

盖　　妻　硬起心肠，不行，我只想敞开我心中的创伤，让血与泪像激流那样一泻千里。我不怕阵痛，我要燃起我心中的怒火，直到一切像蜡烛烧尽那样灰飞烟灭。这就是母亲的痛苦，她就是这样哀悼她那漂亮的女儿埃妮基。埃妮基，你的呼救声永远在我耳边回响，但没有人会真的救你。你现在在哪里？如果你的血管里生命之水还在流动的话，那么我这样说话的时候，你现在会在哪里？此时此刻你也许躺在苔藓上呻吟，你是舌裂唇干，连一滴水都找不到；你也许神志昏迷，对着四周的石头树干说话，恳求它们减轻你的痛苦，但是毫无用处。大自然啊，你是多么有情，多么安详，但你又是多么无情！你这个心狠的家伙，你这个无情的牝马，你眼巴巴看着新生的马驹在你自己怀里饿死也不愿意喂它们。啊！——这种痛苦，慈母之心是承受不了的。如果不及时拯救，她很快就会倒下。老天爷，快来保佑我们吧！

盖 尔 玛　母亲，看见你如此凄凉，我真巴不得马上去死。

盖　　妻　（抱住盖尔玛）好，我的乖女儿，让我们抱着一同去死吧，在这张绿色的地毯下长眠。只有这样我们才能忘掉埃妮基。啊，我的盖尔玛！

盖 尔 玛　可怜的母亲！

盖勒尔伏　（扯自己头发）该死的，该死的！让黑暗笼罩一切吧！

　　　　　（库勒尔伏上）

库勒尔伏　这里住的什么人呢？

盖勒尔伏　三个倒霉的人。

库勒尔伏　算四个吧。——能给我一口水喝吗？

盖 尔 玛　（跑到父亲身后）这个人是谁？他的面目很可怕。

盖勒尔伏　孩子，别害怕！

库勒尔伏　（自言自语）我已经杀了人了。

盖　　妻　他的样子疯疯癫癫的。

盖勒尔伏　朋友，你是谁？你要找什么？

库勒尔伏　站在你面前的是个杀人凶手，他只不过是想喝口水。——对了，现在是什么时分？

盖勒尔伏　（自言自语）这个人是个疯子。（大声地)给他水喝。（自言自语）我要提高警惕，我要监视他的一举一动。（盖

尔玛拿着一碗水给库勒尔伏）

库勒尔伏 （还没喝完一口就把碗放了下来。自言自语）我杀了
个大美人。她的额头像旭日般艳光四射；当洁白的脸
庞往旁边转动时，她那鬈曲的金发就像彩云般地在肩
膀上来回飘动。她像雪白的天鹅在湖水中游荡，一群
金黄色的公鹅围在她的四周。她双峰高耸，谁把头靠
在上面，谁就会感到神魂颠倒。啊，波赫约拉美人，
杀你的人，他现在才记起你的美貌，并且深深地爱上
了它，但是太晚了。他心中所倾慕的美容已经被他亲
手撕毁。这个疯子，他就是不懂得这个道理：什么是
无价之宝，什么是幸福之泉。——事情就是这样发生
的，除非我是在做梦。但愿这是一场梦！然而，我站
在这里，我很清醒。尽管我现在不愿意用过去的尺度
来衡量时间，而希望一切都无限制地延长。昨晚发生
的惨剧在我的记忆中就好像是远古如烟的往事。

盖勒尔伏 朋友，你是在丘尔宁家里。你要找什么？

库勒尔伏 （自言自语）同样的太阳，当时沉寂西山，而现在还
在睡觉，但很快就会冒出头来迎接我们。（大声地）
你也许认为我是一个疯子，对吗？

盖勒尔伏 我刚才是这样想的，但你的谈吐说明你还是有理智的。
你究竟是谁？凡是踏入我家门的人都要报上名来，说
明来意，否则我要把他当作盗贼来对待。

库勒尔伏 我说过，我是杀人凶手！

盖勒尔伏 那你杀了谁？

库勒尔伏　反正长夜漫漫，我要把一切都告诉你。——就在今天暮色茫茫，落日还在山上残照的时候，我杀死了一个美女。我清楚地记得那一刻。我要告诉你，我杀了谁，我要把一切都告诉你。——我刚才发疯似的跑进了黑夜笼罩着的树林。如果你摸一下我的额头，你就会感到那股热气。

盖 尔 玛　父亲，别理这个人！

库勒尔伏　你用不着怕我。——让我告诉你，我杀了波赫约拉的女儿，铁匠伊尔马利宁的妻子。

盖勒尔伏　波赫约拉女儿！

盖　　妻　举世闻名、艳丽夺目的波赫约拉女儿？

盖 尔 玛　你把她杀了？

库勒尔伏　是的。

盖勒尔伏　你这个魔鬼！如果不是相信你是一时冲动把她杀死的，如果不是看见你现在那种焦虑的样子，我会用我的剑把你钉在地上，我会马上替伊尔马利妻报仇。可怜的家伙，你知不知道自己干了什么事？

库勒尔伏　万分痛苦！由于良心的谴责，我仍然像惊弓之鸟。不过时间长了，习惯成自然，我想我的情绪会安定的。我知道我的情况很有问题，刚才我走过黑树林，现在我站在这里，感到十分疲惫。我等着天亮，但向我们展示清晨的旭日还是姗姗来迟。然而，我确实感觉到：在东方，在山的另一端，旭日正在准备展翅高飞。

盖勒尔伏　这是正在上升的月亮，现在还是半夜。

库勒尔伏　今夜永远不会完了。我以为那团白光就是黎明呢。而
　　　　　你说现在还是半夜。——我得继续赶路。

盖勒尔伏　你去哪里呢?

库勒尔伏　不知道,我是无家可归。

盖勒尔伏　你叫什么名字?你是什么地方人?

库勒尔伏　我叫库勒尔伏。

盖　妻　库勒尔伏!

盖勒尔伏　我妻子听到这个名字大吃一惊,因为这个名字对我们
　　　　　来说太亲切了,太熟悉了。

库勒尔伏　你们住在这样的荒山野岭里,那你们是什么人呢?

盖勒尔伏　我叫丘尔宁。

盖　妻　可怜的年轻人,你父亲是谁?

库勒尔伏　我是盖勒尔伏的儿子。

盖　妻　(自言自语)该死的!怎么会是这样?

盖尔玛　(自言自语)老天爷,他说什么?

盖勒尔伏　盖勒尔伏的儿子?你骗谁?你是行尸走肉,你为什么
　　　　　要耍花招?——我听说盖勒尔伏儿子跟他父亲和母亲
　　　　　全都被杀了。

库勒尔伏　其实他没有被杀死,他是死里逃生,被人抓到乌托家
　　　　　当奴隶,还在他的额头上打下了这个烙印。

盖　妻　(自言自语)我快要窒息了。

盖勒尔伏　(对他的妻子说)万一他真是我们儿子找上门,但双
　　　　　手却沾满了波赫约拉女儿的鲜血,你想一想,我们该
　　　　　怎么办呢?

盖　　妻　我不要想！我呼吸困难，快要死了。

盖 尔 玛　可是这一切基摩从来也没有对我们讲过。

盖　　妻　没有，他从来也没有说过，这说明这个人是在撒谎，他想骗我们。如果是真的，基摩早就会跟我们说的。

盖勒尔伏　你这个狡猾的狐狸，现在我明白了你的意图，你想骗我们上当，然后把我们带到乌托的魔窟里去。但你这里遇到的是林中之王，你想剥他的皮，没有那么容易。你来试试看吧！

盖　　妻　盖勒尔伏，等一等，天哪！他也许是我们的儿子。盖勒尔伏，他的双眼和头发有点像库勒尔伏小的时候。

盖勒尔伏　夫人，我也是怕这个。我感到呼吸困难，头上冒冷汗。

盖　　妻　我的眼睛好像瞎了，我不知道自己在哪儿了，大概是在做梦。

库勒尔伏　（自言自语）这个老太婆刚才说了些什么？她好像说我可能是她的儿子。天哪！现在我想起护林女神在树林里说的话了。（基摩上）基摩，让我们握手言和吧，不要再咒骂我们的手啦！但是先告诉我，那些人是谁？

基　　摩　是你啊？我真的不相信我的眼睛。

盖勒尔伏　基摩，你认识这个人吗？

盖　　妻　快说！

基　　摩　我跟他很熟。他不就是你们的儿子库勒尔伏吗？

盖　　妻　库勒尔伏！（跑过去跟库勒尔伏拥抱）

盖 尔 玛　我的天哪！

盖勒尔伏　就让这一切以死来结束吧!

盖　妻　(突然放开库勒尔伏) 我为什么如此命苦啊? 我们这样艰难才与你相会, 而你竟然成了杀人犯! 现在是什么时分, 白天还是黑夜? 我现在什么都不知道, 因为我是在做梦, 我是在胡言乱语, 我在梦中心如刀割。天哪! 骨肉重逢对我们来说本来是一件人间乐事, 而现在为什么变得如此凄惨啊! 老天爷, 为什么要等到他人神共愤才交给我们? 我们以为不会回来的回来了, 而我们等着回来的却没有回来。我的乖女儿葬身树林, 而我的儿子却死而复生, 但他罪孽缠身, 看见他我就害怕。黄土里面的亲人复活还阳, 但全家都不开心。什么时候见过母亲看见自己儿子起死回生还愁眉苦脸的呢?

库勒尔伏　这样说来你真是我的母亲? 母亲!

盖　妻　(避开库勒尔伏) 你这个坏孩子, 不要过来!

库勒尔伏　(转向盖勒尔伏) 你是我父亲? 父亲, 儿子向父亲请安。

盖勒尔伏　走开! 我不认识你。请你放开这个白发苍苍的老人, 马上离开这里, 千万别回头。走, 快走!

库勒尔伏　你是我的妹妹, 对吗? 你好, 妹妹!

盖尔玛　(避开库勒尔伏, 而他却想接近她) 哥哥, 别接近我! 你太可怕了!

库勒尔伏　基摩, 谁遇到这种情况都会发疯。(自言自语) 孤儿回到失散几十年的家人身边, 但亲生父母竟然不认他, 还叫他出去, 离他们越远越好。也好, 走就走。(急

匆匆地走了出去)

基　　摩　(自言自语)都是我不好,早点儿告诉他们不就什么
　　　　　事都没有了吗?

盖　　妻　盖勒尔伏,刚才那个人究竟是谁啊?

盖勒尔伏　不要去想他了,眼不见心不想,就当他没来过好了。

盖　　妻　他自己说他是我们的儿子。他真的是库勒尔伏,我们
　　　　　的儿子。如果不能再见到他,我也不想活了。(库勒
　　　　　尔伏上)

盖勒尔伏　啊,他回来了!

库勒尔伏　基摩,我打算离开这里向北方跋涉。

基　　摩　噢,库勒尔伏!你究竟怎么了?

库勒尔伏　我听说我的父亲和母亲都还活着,他们就住在这里,
　　　　　这是真的吗?

盖　　妻　(冲过去拥抱库勒尔伏)好儿子,过来让我抱住你!
　　　　　把头伏在我的胸前,好像你小时候一样。坏母亲才不
　　　　　认自己的亲生儿子,我刚才那样做真是太无人性了。
　　　　　但你知道,当我转身抛弃你的时候,我也是心如刀割。
　　　　　现在我们欢迎你回来,库勒尔伏,我的好儿子!

库勒尔伏　你真是温柔善良。

盖　　妻　(仍然抱着库勒尔伏)你小时候就很帅,现在长大了
　　　　　更是一表人才。你现在是如日中天,前途无量。——
　　　　　噢,你额头上的烙印!乌托这个坏蛋,他真是丧尽天
　　　　　良,为什么要把我的儿子搞成这样?

库勒尔伏　我的烦恼就来自于这个烙印,无论你把我抱得多紧也

无法把它抹掉。

盖　　妻　我的儿子啊！

盖勒尔伏　别再搂搂抱抱了！杀人犯不值得你这样对待他。放开
　　　　我老婆，你走你的路！

盖　　妻　也许我们可以再考虑一下。

盖勒尔伏　滚开，禽兽，滚开，杀人凶手！

基　　摩　他杀了谁？

库勒尔伏　基摩，我现在是左右为难：一边是日暮西沉，让我黯
　　　　然神伤；另一边是光芒万丈，让我刺眼欲盲，我真不
　　　　知何去何从？

基　　摩　你到底杀了谁？

库勒尔伏　波赫约拉的女儿。

基　　摩　糟糕，你一定是着了魔，中了邪啦！

库勒尔伏　我不知道中了什么邪，总之我被卖掉当奴隶，叫我去
　　　　树林里放牧，那臭婆娘还在我的面包里放石头，于是
　　　　我就任由野兽把她的畜群吃光，然后撒腿就往家里跑。
　　　　在院子里那个泼妇碰见了我，她大发雷霆，一听见发
　　　　生什么事就扑上来骂我是狗奴才。我当时火冒三丈，
　　　　等她第三次叫我狗奴才时，我便一刀捅破她的胸膛，
　　　　她就这样一命呜呼。接着我就逃进树林里，后来就来
　　　　到这里。

盖　　妻　真惨啊！

基　　摩　要是能回到昨天那就好了！

盖勒尔伏妻　基摩，你以前为什么没向我们提到过库勒尔伏的事

呢?

基　　摩　　我本来打算明天去伊尔马利家把他带到这里来的,谁
　　　　　知道人算不如天算。

库勒尔伏　　如果你昨天就这样做的话,那么现在我的双手就会是
　　　　　干干净净的,我们家的屋檐下就会响起欢乐之声。现
　　　　　在的情况是这样的:这片荒山野岭原本是为我准备的
　　　　　一片乐土,可是我一直也不知道。而现在我虽然知道
　　　　　了,但已经永远错过了这个机会,因为我是不可能留
　　　　　在这里的。这片幽谷即将在我的眼中消失之前,我确
　　　　　实想回头再看它一眼,再看它一会儿。在树林深处显
　　　　　露在我面前的这张脸是我母亲的脸吗?我觉得这张脸
　　　　　就好像令人战栗的寒夜中的晨光。你好,母亲!你好,
　　　　　父亲!现在我向你们俩同时请安,同时告别,我马上
　　　　　就要继续上路。今日一别,关山阻隔,音信难传。我
　　　　　想再留一刻,但我会马上离开。

盖　　妻　　盖勒尔伏,我儿的这番话是不是像烈火那样在你心中
　　　　　燃烧?我希望是这样。啊,如果是这样,那你就敞开
　　　　　你的心扉,别硬起心肠折磨自己啦!——我那可怜儿
　　　　　子的父亲,想想你儿子吃过的苦头,你就不会这样严
　　　　　厉地谴责他了。请相信我,他所做的事都是他一时冲
　　　　　动做出来的,他现在已经非常后悔。看看他现在头发
　　　　　被撕、哭丧着脸的样子。你还记得大约 20 年前,他
　　　　　在我怀中的时候,同一张脸,同一双蓝色的眼睛看着
　　　　　我笑,我摸着他那鬈曲的黄头发,心里感到无比的幸

福。后来我跟他失散了，朝思暮想，我以为他已经不在人世了。然后，一个黑茫茫的夜晚，我又看见了这张脸，谁知道他转眼就消失了，而且是要永远消失了。如果他真的如此快地在我眼前不见了，我就不想活了。如果我不能再拥抱我的孩子，不能呼吸到我宝贝身上的香味，那就让我去死吧！

盖勒尔伏 （双手掩住眼睛）让他留下吧，让他留下吧！你哭得如此伤心，即使是铁石心肠，我也只能变得柔顺。——来吧，库勒尔伏，让我拥抱你。（互相拥抱）

第 三 幕

第 一 场

（森林地带。库勒尔伏上，手执长矛）

库勒尔伏 （独白）我在我父亲家里过得并不顺顺当当：织网我并不喜欢，在平静的湖面上或在芦苇丛里钓鱼捞虾也不过瘾。我讨厌这样的活儿，它们就像我的眼中钉、肉中刺。因此我就拿着这支熊矛从充满闷热空气的破屋里逃了出来，不过我也不是真的想四处寻找野熊的足迹。该死的！啊，如果这支长矛是雷电之神乌戈的铁锤，而我作为雷神坐在云层之上的话，我就会知道该怎么办：我会放一把大火，把世界统统烧光；我会雷声隆隆，把天空推倒在地，最终让一切东西全都坠入深渊；我会开荒造地，在广阔的平原上我则作为天上皇帝高坐在权力的宝座上。是啊，这些就是我要做的事。但为什么我要做这些事呢？这一切我会从中得到什么呢？我得到的不是神灵的赐福，不是地狱火光熊熊燃烧的夜晚，也不是我们这里的白昼，而是玉石俱焚！最好是一切都化为乌有。如果我能进入虚无的境界，我可以什么都给予。——不过情况也许是这样的：我们的路并不是到黄泉就结束，而是继续向前一直通到无边无际的大千世界。这个被刻上烙印的奴隶将沿着这条路，一直走到走不动为止。——高大的树顶静悄悄地沉浸于阴沉沉的暮色之中，此时此情使我忐忑不安。无情的命运把我生命之水引入歧途，由于河道狭窄，使得水流太急，不仅毁坏了自己，也毁坏了两岸的土地。但是，让它汹涌向前吧，直到冲下万丈悬崖，灰飞烟灭为止。（下）（两名放牧人从不同方向走上台来）

放牧人一　伙计，你去哪儿了？

放牧人二　老朋友，我看见奇迹了，我看见森林之神泰比奥的女儿图丽基了。因此，我的好朋友，我是又高兴又惊奇。

放牧人一　可怜的人啊，我觉得你语无伦次。你一定神经又错乱了。

放牧人二　我真的看见她了。

放牧人一　在你面前显身是图丽基本人？她一定是跟你一样糊涂吧！——可现在不是说瞎话的时候，快去看看畜群，它们正从树林里出来呢。

放牧人二　我已经去看过了。可你真的要相信我，我的好兄弟。她穿着黑衣裙，系着红色的腰带，上身是雪白色的衬衣，一头云鬟，她真是个美丽的姑娘啊！你知道她在干什么吗？她在青草地里摘越桔，就在那头路旁。

放牧人一　你说的是图丽基？我知道她是谁。泰比奥拉图丽基吗？不，她是丘尔宁的女儿，你这个傻瓜，丘尔宁的

　　女儿也就是盖勒尔伏的女儿，因为大家都知道自称是
　　丘尔宁实际上就是盖勒尔伏——乌托马伊宁的哥哥。
　　你在青草地里看见的就是他的女儿。

放牧人二　你会不会搞错了？

放牧人一　看来你又想找碴儿了。她不是别人，她就是盖勒尔伏
的女儿。

放牧人二　好吧，算你说得对。那她为什么会在这里出现，距离
她家那么远呢？

放牧人一　你不知道吗？大约两周前她迷了路，结果来到了我家。
她在树林里瞎闯了很久，几乎要饿死了。

放牧人二　此事我才听到。可为什么不送她回父母家呢？

放牧人一　你真傻！你想想看，当时她整个人虚脱，病得很厉害，
两天前才能下床。我们的确叫过一个渔夫带口信给她
父母，但显然没有送到他们手里，这家伙一定在途中
淹死了，因为他一直都没有回来。我们打算明天送她
回家。很明显，她是非常想家，怕她母亲伤心过度。
再说，她也想见一见她的哥哥库勒尔伏。大家以为他
死了好多年，谁知道他最近像鬼魂似的回了家，而他
妹妹却来这里了。这个可怜的妹妹不知道她哥哥在人
间闯荡得怎么样，变得怎么样了。——噢，别再瞎聊了，
这些事跟我们毫无关系。我们还是小心点儿，不要让
狼吃了我们的牛。让我们跟着牛群，你去那里，如果
你让任何一头牛掉进沼泽地里，小心你的脑袋，老伙
计！走吧！（放牧人下。库勒尔伏从刚才下的相反方

向上，用手拉着埃妮基）

库勒尔伏　这个地方好像来过。跟着我，姑娘！让我们坐在这儿的云杉树荫下，尽情倾诉我们的相恋之情。来吧，我的姑娘！

埃 妮 基　不来了。

库勒尔伏　你好像有点儿坐立不安。

埃 妮 基　有点儿神魂颠倒！

库勒尔伏　别想过去的事，想想我们眼下美好的爱情。让我抱抱你。

埃 妮 基　走开！你一碰我，我就要发抖。

库勒尔伏　叫我走开？

埃 妮 基　我应该怎么说呢？

库勒尔伏　说你心里的话。

埃 妮 基　我不知道我心里怎么想的，我好像着了魔似的。我觉得你很可恶，但我觉得你很柔情，我也不知道我们将何去何从。你很吓人，但你很帅，很帅，很帅！（投入库勒尔伏的怀抱）你一头金色的鬈发，很漂亮；你的眼神闪闪发光。只要你信守盟誓，我就永远跟着你。（突然离开了他）走开！有一束可怕的光从你的眼睛朝着我直射而来。

库勒尔伏　要是你仔细看，你就能在我眼睛里看到你所有的幸福，我亲爱的，你已经找到了真爱。我们会像王子公主那样生活，在高山顶上盖起我们的房子，这样远处的景色就能尽收眼底。

埃 妮 基　你是谁？你额头上为什么有这样的烙印？别这样凶狠地看着我，我害怕。你听着，我想跟你分手。

库勒尔伏　姑娘，我不想跟你分手，即使你逃到拉毕山，像山羊一样从一个悬崖跳到另一个悬崖，我也不会把你甩掉。我会像野狗一样，垂涎欲滴，一刻不停地追随着你，因为你藐视这个人，嘲讽这个人。你为什么要在乎这个烙印呢？

埃 妮 基　你是不是江洋大盗？如果是的话，求你放过我。

库勒尔伏　我不是江洋大盗，不过你真的想知道，我可以告诉你。我是库勒尔伏，盖勒尔伏的儿子。

埃 妮 基　库勒尔伏！

库勒尔伏　是的。你干吗瞪着眼睛看我？

埃 妮 基　这真是不幸的时刻啊！

库勒尔伏　别这样说。我真想把此时此情作为无价之宝永远铭记在心。

埃 妮 基　那你在树林里干吗？

库勒尔伏　打野熊。你没有看见我手里拿着长矛吗？

埃 妮 基　你什么时候离开你父亲家的？

库勒尔伏　天亮的时候。——姑娘！你的脸为什么变得像雪那样白？我的样子看起来是如此吓人吗？不要害怕，我的姑娘，快过来，我要让你重新脸泛红霞。

埃 妮 基　不要这样，可怜的人啊！求求你别再过来，让我们赶快分手吧，因为上天的利箭正在威胁着我们。（蹲下，用长发盖住了脸，额头顶着膝盖）我想用泪水湿透我的衣裙，但我的痛苦不会减轻，我的泪水也不会流动，不会流动，而是我泪水的泉源已经冻结，不，不是冻结，不是冻结，而是好像怒火般地在我心中燃烧，啊，真是生不如死！这里没有我的容身之地，所以我要赶快投入黑暗的深渊。苍天啊，冰雪啊，现在我要跟你们永别啦！飒飒作响的树林啊，你见证了我所干的丑事，我的命好苦啊！

库勒尔伏 （把埃妮基扶起来）起来吧，姑娘，拨开你脸上的头发，收起你那似睡非睡的模样。别那样孩子气，别无事生非。在人生的惊涛骇浪中你还要打滚好多年呢。到那时，你就会对这类芝麻大小的事一笑置之。记住我的话吧，姑娘。

埃 妮 基 你说你叫库勒尔伏，对吗？

库勒尔伏 是的，那你又是谁呀？你是多么单纯，多么羞怯啊！

埃 妮 基 我叫埃妮基，盖勒尔伏的女儿。

库勒尔伏 我的妹妹？

埃 妮 基 倒霉的妹妹。

库勒尔伏 就是迷了路的那个？

埃 妮 基 她现在才真的迷了路。

库勒尔伏 让咒骂把一切都毁掉吧！

埃 妮 基 该咒骂的是你那狂野的欲望。

库勒尔伏 唉，想不到我们兄妹会这样重逢！我们要受到极其严厉的惩罚，最好还是让我们现在埋入地下吧。

埃 妮 基 我刚唱完我的挽歌。

库勒尔伏 妹妹，家里人都在忧伤地渴望着你回去呢！

埃妮基 我母亲会忧伤而死，但她的女儿会早她一步进入冥府。你回到家告诉他们，我已经被大浪淹没，让他们不必再悲伤了。至于其他发生的事，你尽可能不要让他们知道。我的心已死，我不想再见到家园，我也不想再见到儿时曾在它们下面玩耍的那些云杉树。我的命好苦啊！（把原来围在脖子上的丝巾绑在额头上）我必须走了，乌云正在气势汹汹地向我们逼近，你听听，暴风雨就要来了。我要避开它，我要先走一步。（下）

库勒尔伏 不管发生什么，即使我让生我养我的人流出鲜血，我的心也不会有任何感觉，因为对什么都无动于衷。竭力作弄激怒了的命运，这是多么好啊！心肠凶狠，手段毒辣，这些都是这儿最有利的条件。我现在才了解我，真正的自我。如果在我面前有无辜的人在炭火中被焚烧，我不但不会去管，反而会打一阵哈欠，让其周围的炭火越烧越旺。是啊，我知道我是谁，今后该如何生活。——噢，姑娘，你会去哪里啊？不要再在树林里游荡了，让我们一起回家吧。进门的时候，别让我们的眼神泄露今天发生的事，千万不能这样。相反地，我们脸上要露出高高兴兴、若无其事的样子，尽管我们心里悲伤得如万箭穿心。——咦，刚才我看见她还在这里，怎么一转眼就不见了？埃妮基！你在哪里？（两个放牧人上）你们忙着去哪里？

放牧人二 完了！（对库勒尔伏说）你会游泳吗，小伙子？

放牧人一 现在会游泳有什么屁用！

库勒尔伏 出什么事了？

放牧人二 太可怕了！那个年轻姑娘——让上帝饶恕她吧——她就在我们眼前投水自杀了！

放牧人一 她一下就跳进了最险恶的旋涡。

库勒尔伏 这是什么时候发生的？

放牧人二 牛还没嚼完两口草之前。

库勒尔伏 （自言自语）妹妹已经含恨命归黄泉。

放牧人一 山上的悬崖差不多有两丈高，下面是滚滚激流。我们看见她站在最后一块岩石上，看着下面的浪花，我们对她的举动正感到奇怪的时候，谁知道她突然用手掩脸跳进深水之中，然后就再也看不见她了。

放牧人二 情况就完全像我的伙伴说的那样，神仙也救不了她，更何况我们连游泳都不会。

放牧人一 我认识那个姑娘，她自己说她是鱼塘旁丘尔宁家的女儿，树林里迷路后她来到了我家。本来我们打算明天送她回家，很显然她是非常想家了。她还想见见她的哥哥库勒尔伏，据说，他还活着，最近突然现身于他父母的家。

库勒尔伏 （自言自语）埃妮基，你是个好姑娘，你有一颗金子般的心，纯洁无瑕，但命途多舛，红颜薄命。不管怎么样，你已经把一切都忘掉了。（大声地）这个地方叫什么名字？

放牧人一 它叫野山坡。

库勒尔伏 野山坡。

放牧人二 听说库勒尔伏是个大混蛋。

库勒尔伏 他是个大混蛋，又是个大骗子。

放牧人二 不知道这个魔鬼长得怎么样。

库勒尔伏 跟我长得一模一样。

放牧人二 听说他现在住在他父母的家里，人们看见他经常在这一带树林里像鬼魂似的游荡吓人。

库勒尔伏 他住在他父亲家里，但现在就站在这里。

放牧人一 哪里？

放牧人二 哪里？

库勒尔伏 （指着自己）这里。（放牧人奔下）你们走你们的阳关道，我走我的独木桥。啊，今天真是阴冷呀！你那阴沉的样子我可以忘掉片刻，但我又重新想起一切，不过我只是想起而已，并不深深地铭记在心中。这是按照自然法则每天发生的事，只是有人凭想象小题大做而已。——回家吧，猎人，你本来已经猎物在手，谁知道又在同一次打猎中失去了它。（下）（放牧人一上，不多久放牧人二上）

放牧人一 鼓起勇气走过来。他不但追不上我们，他反而朝相反方向跑了，就像希西本人那样。你听听树枝在他脚下发出的噼啪声。

放牧人二 老兄，他本来可以像宰可怜的老鼠那样把我们俩宰了，然后挖个洞把我们埋了。老兄，他完全可以这样做的。

放牧人一 毫无疑问。他妹妹悲惨地跳入激流自杀，而身为哥哥的他听到这一消息后却无动于衷。对此我们应该如何解释呢?

放牧人二 今天我们真的看到不少怪事,晚上回到家里可有得说了。让白昼快点儿过去,以便我们早一点儿把那些怪事告诉大家。

放牧人一 大家一定会很感兴趣。

放牧人二 没错,对我们从树林里带回去的消息,大家一定是竖起耳朵细听。

放牧人一 那肯定是这样,不过在我把一切都告诉他们之前你不能泄露半句,因为我摆事实讲道理比你强。

放牧人二 我要实话实说,没有一点儿虚假。

放牧人一 如果你在我讲故事之前透露任何消息,我就要撕烂你的嘴巴。别忘了,这类事情是很严密,很重要,开不得半点玩笑。

放牧人二 我心知肚明,我的朋友。

放牧人一 好,照我说的去做就对了。——现在先去追回牛群,开始时它们会乱跑,然后慢慢地把它们的头转过来,带着它们回家。

放牧人二 就这样吧! 这个世界真是瞬息万变! (下)

第 二 场

(盖勒尔伏的家。盖勒尔伏妻和她女儿盖尔玛走了进来)

盖　　妻 他为什么又发起脾气痛骂他那可怜的孩子?

盖尔玛 他是有理由的。库勒尔伏的行为就像疯子一样，根本不考虑别人的感受。你也知道今天早晨他本来应该修补渔网，而他却把它撕破，又把渔叉扔到墙角，结果折断了，然后像着了魔似的冲出家门。

盖　妻 这的确惹人生气，不过现在你父亲的气也该消下来了吧。

盖尔玛 这一切他本来就该忘记了，可是他刚才发现库勒尔伏在耍花招，所以又重新发起火来了。

盖　妻 这个疯孩子又干了什么？

盖尔玛 昨天，夜晚降临的时候，父亲说他游手好闲，因此他就出去打鱼，可不多久就吹着口哨，神神气气地回来了，至于鱼呢，他却一条也没有抓到。

盖　妻 不是每次都有收获的。

盖尔玛 但是父亲今天发现他把渔网撕成了碎片，把小船拖上了岸。要把它再拖回湖里，真不知要花多大的力气。父亲看见他儿子干了这些事，所以气得发火，这也并不奇怪。

盖　妻 我宁可没有跟他重逢，现在全家都受他牵连。（库勒尔伏上）这个坏孩子来了。

库勒尔伏 大家好！噢，母亲，你为什么垂头丧气？是不是唯一的小牛死了？

盖　妻 我现在发牢骚，因为我错生了唯一的儿子。我真可怜啊！你啊，库勒尔伏，我干吗把你带到这个世界，还把你养大？

库勒尔伏　我没求过你这样做。你为了自己活命才忍受分娩的痛苦，不过你卸了包裹后，本来可以马上把这个啜泣的小家伙塞进麻袋，扔到墙角，让他见鬼去吧。

盖　　妻　听听他是怎么样说话的，这个忘恩负义的畜生！如果你想到你母亲是如何含辛茹苦，体会到她的爱心，你就不会这样说话的。早知如此，你还天真地躺在我的怀里时，我就应该亲手把你掐死。不，即使我能收到金银财宝，即使我能得天得地仙福永享，我也下不了手。试问有谁会杀死自己的心肝宝贝？

库勒尔伏　要不是她说得这样动听，否则我就听都不想听。——你说呢，盖尔玛？

盖尔玛　你是这样嚣张，这样无理，我怎么能夸奖你呢？你是我的哥哥，我真想恨你，我真想替你感到可怜。

库勒尔伏　你用不着可怜我，现在是万事如意。

盖　　妻　差得远呢，库勒尔伏！你直眉瞪眼，声音古怪，你又遇到什么倒霉事儿啦？

库勒尔伏　有些事儿我真想从脑海里把它们除掉。

盖　　妻　你是不是又送人上西天了？你是不是又欠下血债了？

库勒尔伏　我没有杀人，但实际上我是杀了人。杀人的事我现在不记得了，相反我记得我点燃了生命之火。不过这要怪谁呢？不是死得惨，而是死得好。她像疯了似的要用自己的身体去喂鱼，这只能怪她自己。

盖　　妻　我不懂你在说什么。

库勒尔伏　用不着你懂。这是一件芝麻大的小事，不值得哭，一笑置之就行了。——我已经说过了，现在是万事如意。

（盖勒尔伏上）父亲来了，不知他要说什么。

盖勒尔伏　你还问我要说什么，该死的畜生！

库勒尔伏　我是畜生？那生我的人又是什么东西？

盖勒尔伏　你还要咬文嚼字？

库勒尔伏　根据习惯，一个字也不能差。

盖　　妻　盖勒尔伏，别跟他耍嘴皮子。他已经是怒火中烧。

盖勒尔伏　那你要我向这位大少爷卑躬屈膝，看他脸色行事，对吗？该死的，你干吗要把我的小船拖上山？鬼迷心窍的家伙，你为什么要这样做？

库勒尔伏　虽然北风凛冽，湖水激荡，但海浪却打不到它。

盖勒尔伏　从我家滚出去！

盖　　妻　我真命苦啊！别忘记，盖勒尔伏，你是在跟谁打交道？他是从深山跑出来的疯子，你是在跟这样的人打交道。

盖勒尔伏　难道我怕他？（从墙上拔出剑来威胁库勒尔伏）滚出我的家，狗奴才，滚！

盖 尔 玛　父亲！

盖　　妻　天哪，这次可要流血啦！

盖勒尔伏　滚出去，烙了印的野兽？

库勒尔伏　烙了印的野兽！

盖勒尔伏　滚出去！否则我就一剑把你刺死。

库勒尔伏　别拿剑来吓唬我！你知道我的矛比你的剑长两倍。

盖　　妻　库勒尔伏，你还是躲开一下吧。

库勒尔伏 我偏不想躲开，我要针锋相对。我要做一件震撼这片荒山野岭的大事，我现在是火冒三丈，怒不可遏。烙了印的野兽！这句话像毒蛇一样刺痛了我的心，搅乱了我的头脑。——不管到哪里，我总是噩运缠身，但这次我要给大家一点颜色看看。——让乌云从四面八方涌到这里来吧！让传递库勒尔伏死讯的黑夜大声叫喊吧！听着，听我跟你们说：你们那迷途的女儿埃妮基已经跳进了激流，她已经被汹涌的旋涡吞噬了。

盖勒尔伏 哎呀，我可怜的孩子，难道这就是她的下场？

盖尔玛 啊，可怜的姐姐呀！

盖妻 你怎么知道的？

库勒尔伏 我现在说的句句都是真的，两个放牧人可以作证，他们亲眼看见你女儿怎么死的。

盖妻 女儿啊，我知道你已经摆脱一切烦恼，永远安息了。可是，当我想到那些水怪是如何恐怖时，我就心如刀割。

盖尔玛 她是意外淹死的，不是投水自尽。

库勒尔伏 她是故意跳进旋涡的，她看到自己白璧蒙污，所以就着了魔似的跳下水晶宫去找海龙王了。

盖尔玛 这种事不能开玩笑。

库勒尔伏 我说的都是实话，我向上帝保证，没有一点儿虚假！

盖尔玛 什么都是实话，全是肮脏的鬼话！

库勒尔伏 你可真是纯洁啊！

盖妻 你是想把这件伤心事搞得由于耻辱而引起混乱，是吗?

库勒尔伏　我说的都是事实。

盖　　妻　太可怕了!

库勒尔伏　好,今天是一不做,二不休,索性把所有坏事全给抖
搂出来。情况是这样的:有个家伙像饿虎扑羊那样把
你的女儿糟蹋了。你知道他是谁吗? 他是盖勒尔伏的
独生子库勒尔伏。你干吗这样直瞪瞪地看着我?

盖 尔 玛　快来搀扶母亲,她昏倒了。(盖尔玛和盖勒尔伏跑过
去搀扶母亲,她已经昏倒在地)

库勒尔伏　这跟我有关吗?

盖 尔 玛　你看看,母亲被你气死了。

库勒尔伏　这不是死人夜话? 嘿,嘿!

盖勒尔伏　你这个流氓,你为什么要这样折腾我们? 你如果还有
半点人性,那你就捡起你的长矛或者我的宝剑,(把
剑扔到库勒尔伏面前)把我们一并杀了吧。

库勒尔伏　我的心肠没有那么好,烙了印的野兽不会有人性。既
然你们不把我当作自己人,你们的生死又跟我有什么
关系呢?

盖 尔 玛　母亲还活着,她睁开眼睛醒了。母亲,看看我们!

盖勒尔伏　她的样子不太对劲儿。

盖 尔 玛　不,不,母亲不会发疯的。

盖　　妻　我的孩子,我们在哪儿?

盖 尔 玛　在家里。母亲,你别胡思乱想,你要保持清醒头脑。
你一定要这样做,像过去一样看着我,否则我也要

难过死了。

盖勒尔伏 傻孩子，说这些东西有什么用？

盖　妻 扶我到那边板凳上去。（盖尔玛扶她过去坐下）

盖尔玛 母亲，我觉得你好像清醒了。

盖　妻 我的记忆慢慢在恢复。我看见了最深沉的悲哀，看来我的心脏快要停止跳动了，死亡正在等待着我。

库勒尔伏 我刚才像个魔鬼那样对待你，母亲，我是个魔鬼，但不要再提了，一个字也不要再提了。当时我怎么知道她是我母亲的女儿呢？

盖　妻 我的儿子，走得越远越好，你到异国他乡去生活，直到你结束你那悲惨的一生。

库勒尔伏 现在我就要结束我的一生，我该像箭一样奔向冥府。我往上没路可走，只有往下走进地狱。——（自言自语）但是乌托还活得好好的。他天天吃饱喝醉，直到寿终正寝为止。这是不是合理？我要那家伙在明天日落之前死无葬身之地。乌托，你的末日快要到了，看你还能神气多久。（大声地）父亲，你的战袍生锈已经很久了，我想请你借给我，我要在战火中把它擦得锃亮，让它重放光芒。

盖勒尔伏 这个老弱残兵，他的命都在你手里，还能有什么东西不能给你的？穿上我的战袍，让沉重的战袍把你压垮吧。

库勒尔伏 我要垮在乌托一家流出的血泊之中。（下）

盖　妻 他要跟人拼命，这次肯定是凶多吉少。虽然他武艺高强，但单枪匹马能战胜人多势众的敌人吗？

盖勒尔伏　要我可怜他？我巴不得他此行噩运缠身，我真的希望
　　　　可恶的乌托死在他的剑下。让他们像两支魔箭在空中
　　　　交锋那样互相刺杀，让他们在战场上同归于尽。到那
　　　　时人间就能同时摆脱这两头野兽了。

盖　妻　不管怎么说，这个苦命人是我们的儿子啊！

盖勒尔伏　他做我们儿子的权利早就见鬼去了。他是我们的儿
　　　　子？野兽、流氓、恶魔，他害得我们家破人亡！我们
　　　　还认他做儿子？就像他还在襁褓中就把包裹带扯断那
　　　　样，他已经把这种关系永远割断了。你说这说明什
　　　　么？这说明他已经郑重其事地断绝了我们之间的任何
　　　　关系。他已经这样做了，而且采用了极端的手段，因
　　　　此他罪该万死。本来我应该亲手取他的狗命，但我怕
　　　　玷污自己的双手。让他在我的眼皮底下消失吧。——
　　　　我们还要继续在这里生活，尽管我们失去了我们的乖
　　　　女儿。幸亏我们还有基摩，他可以陪我打猎捕鱼。噢，
　　　　现在基摩在哪儿？

盖尔玛　他在湖边修补渔网，这活儿他已经干了一整天了。

盖勒尔伏　那孩子就像蚂蚁那样勤奋。——埃妮基！想起你悲惨
　　　　的下场我就惊恐不安。他这个披着人皮的魔鬼，亏他
　　　　还敢亲口招认，真是厚颜无耻！我巴不得一剑把他刺
　　　　死。

盖　妻　埃妮基，现在你在哪儿？你大概在冥府荒凉的草地上
　　　　徘徊，悲泣地扫视四周——等等，我的女儿，我很快

就会来陪你啦。(盖尔玛哭)(库勒尔伏上，身穿战袍，手执长矛和剑，肩膀上挂着弓和箭筒)

库勒尔伏 父亲，我现在就去跟他们拼命。

盖勒尔伏 带着我的诅咒，你直接去死吧。你想让我为你哭泣，没门儿！

盖 尔 玛 即使我听到你已经死了，即使我听到你已经死于战场，我也不会为你哭泣，你这个可恶的哥哥。

库勒尔伏 难道我会在乎吗？

盖　　妻 唉，库勒尔伏，我会为你哭泣，在我眼泪哭干还没死之前我是不会停止的。不过我还要说什么？她来了，并且闭上了她那朦朦胧胧的眼睛。埃妮基！

库勒尔伏 多多保重。

盖　　妻 我的儿子，别上战场。你听听你老妈的祈祷，听我这一次，好吗？

库勒尔伏 你的声音很微弱。你语无伦次，你到底想说什么？

盖　　妻 你为什么站得那么远？我只看见远处有一个血红的黑影。

库勒尔伏 我就站在你的前面。

盖　　妻 我是老眼昏花，我快要死了。

盖 尔 玛 母亲，母亲！

盖　　妻 别上战场。

库勒尔伏 你的阻止是徒劳的，我的母亲。我要急急忙忙上战场。现在的和谐宁静比战场上的拼杀要难熬千百倍。

盖　　妻 战场上你要被杀死的。

库勒尔伏　我不会陷入沼泽，也不会倒在草原。战争中死亡高尚，刺剑中死亡荣光！你的儿子将突然消失在人间，而不是慢慢衰老凋零。永别了，我的母亲！（下）

第 四 幕

第 一 场

（森林地带。迪埃拉、盖普赛、维克萨利和迪麦宁上，他们全副武装捕杀野熊）

迪 埃 拉　天哪！在沼泽地里到处乱找是白费力气，还不如回家睡觉去。——伙计们，现在是什么方向？

盖 普 赛　让这次打猎见鬼去吧！

迪 麦 宁　我猜那头是北面。

维克萨利　不是，是那头，你从那些云杉树看出去就能看见。

迪 埃 拉　我也是这样想的。再走过去就要到没有面包的拉毕*了，所以最好还是及时回头。

迪 麦 宁　我打猎很少像今天这样空手而归。

维克萨利　森林女神对我们太小气啦。

迪 埃 拉　伙计们，让这位衣衫褴褛的老太婆守住自己的东西吧，而我们可要回家睡觉去啰。

迪 麦 宁　猎人两手空空，就像公牛走向屠宰场那样，懒洋洋地

---

*　这里指的是北拉毕。

往家走。向着我们走过来的是谁？（库勒尔伏上）

库勒尔伏　不管你们是哪位，请给迷路的人引路。

迪 埃 拉　我们正是泥菩萨过河——自身难保。我们也迷了路。噢，你不是库勒尔伏吗？

库勒尔伏　你是哪一位？

迪 埃 拉　我叫迪埃拉。在乌托拉的树林里，我曾经被野熊抓往，你不是救过我吗？

库勒尔伏　噢，我想起来了。

迪 埃 拉　我欠你一个人情呢！

库勒尔伏　我救你不是为了积德行善，而是为了好玩儿。——现在是什么方向？

迪 埃 拉　你这样做是为了好玩儿？

库勒尔伏　你知不知道哪头是北面？

迪 埃 拉　我们想是那头，风是从那头吹来的，因为风向是朝那个方向的。——你这个人挺怪的。你打算去哪里？

库勒尔伏　乌托拉庄园。

迪 埃 拉　你去那儿干吗？

库勒尔伏　我有我的事。我要他还债。

迪 埃 拉　你的事我也猜到了，不过你在那里是不会受到欢迎的。——你打算只身入虎穴？

库勒尔伏　我怎么才能找到有人烟的地方？

迪 埃 拉　应该就在树林后面。——你跟着我们一起去乌托拉怎么样？

库勒尔伏　我心中充满仇恨，去那里是为了报仇雪恨，跟你们无关。

迪埃拉　也许跟我们有关。我们有个同行，号称野林村基奴，他是个捕熊能手，可是他在乌托拉庄园被那些禽兽杀害了。他们杀死他后就把尸体抛在街上喂狗。我们一定要替他报仇。伙计，我们的目标不是共同的吗？

盖普赛　我们是义不容辞。

迪埃拉　伙计们，我们一起去乌托拉好吗？

维克萨利　我准备好了。

盖普赛　为了替我的同行报仇，我也准备好了。

迪麦宁　我们来个突袭乌托拉吧。那里有的是啤酒，还有金银财宝。

盖普赛　让我们走吧！

迪埃拉　等等，我的朋友，从头到尾再仔细考虑考虑。——那里也许有清白的人。

盖普赛　没有一个清白的，所有的人都死有余辜。

维克萨利　狼窝里活不了羔羊，鹰巢里活不了鸽子。

迪埃拉　还是要好好考虑。

库勒尔伏　考虑个屁！再考虑下去你们就要把我的事儿给耽误了。我一定要血债血偿。

迪埃拉　别这样火，大丈夫也是要三思而后行的。不过我会跟你们去乌托拉，尽管另一方也会有伤亡。只要你们慢慢地走，我一定会跟着你们，迪埃拉跑步不行。噢，谁来了？（纽利基上）你好！

迪麦宁　到我们这边来，伙计！

纽利基 你们好！你们都是什么人？

维克萨利 我们都是好人。

迪埃拉 善有善报，恶有恶报。——过来告诉我们你是哪位？

纽利基 我是纽利基。

迪埃拉 我们互相认识。——请过来，不用怕。

纽利基 我相信你们都是正人君子。

维克萨利 这里都是好人，你用不着害怕。——有什么新消息？

纽利基 有大事发生。卡勒瓦拉英雄们——万依奈、伊尔马利和勒明盖宁，一起出发，去波赫约拉抢夺三宝磨。那个浑蛋库勒尔伏杀死伊尔马利的妻子之后，我们与波赫约拉之间的怨恨越来越深。听说库勒尔伏就在这一带游荡。你们见到这个家伙没有？

库勒尔伏 （本来给草丛遮住，现在走了出来）他就在这里，你想干什么？

纽利基 （大吃一惊）没有，我没有什么事。（自言自语）愿上帝保佑我！

迪埃拉 嘿，纽利基，你怎么怕成这个样子？！你瞧，他根本没有在意你在说什么。

纽利基 我道歉。库勒尔伏，你是大人不记小人过。

库勒尔伏 你真是个痞子！

纽利基 对，我是个痞子，我是社会的渣滓。你武艺高强，我怎么能跟你相比呢？——如果我记得对的话，我们曾经共事过，最近一次是在铁匠伊尔马利的庄园里。很遗憾，那一次出了些问题，当时我多多少少惹你生气，

但了解事实真相后，我也觉得难怪你要干掉铁匠的老
婆。她真坏，居然在你的面包里放石头，不是吗？

库勒尔伏 你这个哈巴狗！

纽 利 基 没错，我是哈巴狗，但那个铁匠老婆则是狡猾的狐狸。

迪 埃 拉 怎么又咒骂起死人来啦？伙计，相信我，这是一件坏
差事，该死的。你要答应我，而且要遵守诺言，你自
己还要在这个世界上跋山涉水东走西闯呢。

纽 利 基 你说得对。这个世界充满了陷阱，因此我也知道要小
心谨慎，一听到有什么风吹草动，我拔腿就跑。

迪 埃 拉 胆小鬼能保住生命。

维克萨利 生命是宝贵的礼物。

纽 利 基 没错，生命是宝贵的礼物。

维克萨利 不是人人都有福享受这样的礼物。

纽 利 基 对！

迪 埃 拉 这家伙很机灵。

维克萨利 也许不该吹捧。俗话说得好，微不足道，但很坚强。

迪 埃 拉 这家伙很聪明。

纽 利 基 也许不该吹捧。

盖 普 赛 你是鱼还是鸟？*

纽 利 基 你想要什么？而我只要能体面地走到我生命的尽头就
行了。

维克萨利 你搞错了，他是问你干什么的。

---

* 这句话也可解释成"你是什么人？"

纽 利 基　噢，我是打鸟的。

迪 埃 拉　你的弓和箭在哪里？

纽 利 基　我是用陷阱来捕猎。

迪 埃 拉　那你对这片树林一定很熟悉，是吗？

纽 利 基　每块大石头我都知道。

迪 埃 拉　哪条路去乌托拉？

纽 利 基　在那儿，就像箭那样一直向前，看着我手指的方向。

维克萨利　没错，乌托拉就在那里。

纽 利 基　这是我说的。

迪 埃 拉　伙计，劳驾给我们带路，我们不会亏待你的。

纽 利 基　要使斧头锋利两面都必须细磨。——我带你们到乌托拉，你们打算出多少钱？

迪 埃 拉　有大量啤酒给你喝，如果一切顺利，还有金子可以给你。

纽 利 基　我会像老鹰发现远处的猎物后当空翱翔那样把你带到乌托莫宁家。（基摩上）你这个混蛋。你不就是那个刚打抢完就想掐别人脖子的家伙吗？小心，别让我揍你一顿。

库勒尔伏　基摩，你来干吗？

基　　摩　我来找忘忧草。

库勒尔伏　你有什么忧愁？

基　　摩　我也替你发愁，如果你还有心肝的话。

库勒尔伏　有话就说吧。

基　　摩　你父亲死了。

库勒尔伏 把他埋了吧。

基　摩 让我告诉你最先发生的事：你母亲死了。

库勒尔伏 我亲爱的母亲，她也死了！半天还不到就一下子死了两个人！你说的话是编造的吧？

基　摩 想想你从树林里带回了什么消息。你必须相信我说的。——你离开家还没有几步，你母亲的双眼就永远闭上了。你干的坏事——我已经知道一切——她女儿的惨死，你母亲脆弱的心怎么承受得住呢？正当你妹妹盖尔玛和我在你母亲床边痛哭的时候，你父亲盖勒尔伏拔剑自刎。

库勒尔伏 然后轮到盖尔玛？

基　摩 她看到这一连串惨剧发生，无法再控制自己的情绪。她发疯似的尖叫，拼命拉扯自己的头发，然后一阵风似的冲出家门，跑进树林就失踪了。事情经过就是这样。你听到这些消息怎么一点儿悲伤的样子都没有？

库勒尔伏 让我们听天由命吧。有什么好悲哀的！现在是一切顺利！

基　摩 请注意，你父亲家里所发生的一连串惨剧都是你一手造成的，库勒尔伏。

库勒尔伏 那就更好了。太棒了！多说说此类的事情，我喜欢听。

基　摩 关于已经发生的事，我只能讲到这里。我可以猜到，库勒尔伏，下一个死的是你自己。

库勒尔伏 那是最好不过了。我现在就赶着去见阎王，而你等着替人收尸。

基　　摩　现在我就回你的家，那里白发苍苍的盖勒尔伏正躺在
血泊之中，而他老婆全身苍白瘫倒在草席上。你想一
想，这一切都是你一手造成的。

库勒尔伏　基摩，你不要惹我生气。——讲起来，这一切也有你
的份儿。——你还记不记得我们还在乌托拉打工的时
候，你整天绘声绘色地向我讲述乌托是如何虐待我父
亲的，弄得我火冒三丈，也许他们双方都有问题。——
我从火场被拖到乌托拉时还只是个小不点儿，就会轻
易把旧创疤忘掉。你现在想一想，如果没有你，我的
一生就会朝着另一个方向发展。过去的一切就会埋在
心底，记忆就会随着时光而消逝，我就会被枷锁锁住，
最后老死下葬，我坟头的黄土又会变绿，而世界却并
不知道谁是库勒尔伏。是啊，如果你让我心中的怒火
熄灭的话，事情就会这样发展；但是你偏偏要煽风点
火，弄得现在一发不可收拾。

基　　摩　我从来也没有唆使你去报仇，相反我还警告你不要这
样做。

库勒尔伏　你整天在说那些事情，我不想报仇也不行。

基　　摩　库勒尔伏！你根本不用我来刺激你，你还在襁褓中就
怒火中烧，你出生三天就扯断包裹带。

库勒尔伏　不要争辩了。我不是要把责任推到你的身上，不过你
也不能叫我按你的指示办事。——我不想让你承担责
任，有什么问题都让我一个人来扛好了。

基　　摩　跟我一起去埋葬你的亲人吧！

库勒尔伏　我决不回头。

基　　摩　你父亲的房子离你并不远。

库勒尔伏　我决不回头，我直接去乌托拉。你去埋葬那些死人。
如果你不想这样做的话，那就让他们暴尸街头。

基　　摩　你真是狼心狗肺！——我会去，但我会慢慢走，就像
快要断气似的。（下）

库勒尔伏　现在出发去乌托拉。他才是罪魁祸首。——纽利基，
向前走，带路。

纽 利 基　愿天神保佑我！你们这帮人攻打乌托拉，我看会出问题
的。

库勒尔伏　快走。

纽 利 基　万一他攻击我，伙计们，你们一定要支持我。

库勒尔伏　难道你不想带我们走了？

纽 利 基　你们是去干掉乌托，不是吗？

库勒尔伏　跟你有什么关系？

迪 埃 拉　不用怕，纽利基。

盖 普 赛　按我们的话去做，不然我们就把你插在长矛的尖头上。

迪 埃 拉　我说了，你不用怕。

迪 麦 宁　你为什么吓唬他？——纽利基，尽管带路，重重有赏。

维克萨利　（对旁边的同伴说）让他跟我们，一直跟到底。我们为
什么要取笑他呢？（对纽利基说）这次我们采取的行
动是正确的。乌托坏事做尽，人人得而诛之。你就加
入我们，给我们带路。厮杀的时候，你可以躲在大石
头后面，等打完仗你再出来，咱们一起喝酒庆功，你

可以拿走你应得的金银财宝。

纽利基　加入你们也可以，但我有个条件，就是你们在打斗的时候，不要让我站在你们附近，因为我活到这个年龄还从来没见过动刀动枪的恐怖场面。

迪埃拉　这很刺激，不是吗？

纽利基　我想一定是这样，有时候你还会压在我上面，或者我压在你上面，对吗？

维克萨利　厮打的时候，还会站在人家的脑袋上。

纽利基　为什么会是这样？

维克萨利　谁站在别人脑袋上时间最长谁就赢。

纽利基　你想把我塞进麻袋里，没有那么容易。你说的我不信。不过，如果真的可以站在别人的脑袋上，当然我不信，不过真的是这样的话，那么我不就成了战斗英雄啦，因为我的脑壳硬得厉害。

迪埃拉　比大理石还硬，对吗？

纽利基　没错。告诉你一件小事，有一次有个凶恶的醉鬼用铁棍打我的脑袋，我只叫了一声，接着撒腿就跑。这不是证明我的脑壳很硬吗？

迪埃拉　你会成为大英雄。——不过现在该出手啦，然后让我们快快乐乐地生活，好像每一天都要离开人间。

维克萨利　我们要生活得更加快乐，好像每天都要离开人间！

迪麦宁　我们要生活得比神仙还要快乐，好像是长生不老永远也不会离开人间！

迪埃拉　对！纽利基，现在迈开你的双脚吧。

库勒尔伏　直接前往乌托拉！

纽 利 基　各位好汉，请这边走，像射出的箭那样直奔乌托拉。
　　　　　开路！（下）

<h2 style="text-align:center">第 二 场</h2>

　　（乌托拉庄园一角。看不见厅堂，但估计就在台左。乌
托上）

乌　　托　（独白）我的手下还没有从树林里回来，这次打野鹿
　　　　　一定很辛苦，还可能空手而归。——希望他们在夜
　　　　　幕降临之前就能赶回来，我有一种不祥的预感，好
　　　　　像时时刻刻都看见库勒尔伏在黑夜掩护之下冲杀过
　　　　　来。——天哪，为什么要生这个家伙？！准确地说，
　　　　　为什么要生我？想我乌托莫宁这辈子杀过不少人，包
　　　　　括至亲好友！——我当年错失良机，没有化干戈为玉
　　　　　帛，结果我们家族间的争吵变成血流成河，这是为什
　　　　　么呢？！——但时光一去不复返，现在后悔已经晚了。
　　　　　（基利从台右上）你的伙伴呢？

基　　利　他们随后就到。

乌　　托　打猎情况怎么样？

基　　利　空手而归。——我们为什么要费那么大劲儿去打猎
　　　　　呢？不是有个宝物等着我们吗？就在潺潺流水的沟渠
　　　　　旁边。它等待着我们，只要举手一击，它就会落在我

们手中。

乌　托　你这是什么意思？

基　利　我实说吧，有个晚上，月黑风高，鲁奥图斯和他那傲
慢的太太被我们手下打破了头，他们就此与世长辞，
他们的财产不就是我们的吗？转眼之间，等我们反应
过来之前，事儿就已经办完了。我们就变成腰缠万贯，
这样我们就可以无忧无虑地生活一辈子啦。

乌　托　基利，我已经作孽太多了。

基　利　去掉旧账，开启新账，这样不就行了吗？

乌　托　我知道你又在耍嘴皮子了。

基　利　岁月的确不饶人。从年龄来说，我们已经开始走下坡
路，但离晚年还是有一段距离。我们还可以活二三十
年，而在人的一生中，二三十年时间也不算太短了。

乌　托　你想说什么？

基　利　如果我们现在聪明点儿，那么后半生就可以享不尽荣
华富贵。有钱能使鬼推磨。

乌　托　哈，哈，哈，你这个混蛋！这种事我得好好考虑考虑。

基　利　我想你也知道鲁奥图斯是怎样发迹的，我们常常谈到
过这些事，他不就是剥削老百姓。

乌　托　他对他们是一毛不拔。哼，鲁奥图斯，你欺压老百姓，
小心我要你好看！

基　利　他的钱反正都是不义之财。现在我们是黑吃黑，连上
帝也会一笑置之。

乌　托　他的钱财我很感兴趣。——等后天再说，基利——噢，

我手下的人都回来了。(一群人从台右上，两人留在台上，其余从台右下)今天运气不好，白干了一场。(乌托妻从台左上)

手 下 一　两手空空，一无所获。

乌 托 妻　你们这些无能的家伙，如果今天听我的话去打鱼的话，你们的伙食费也许就不用欠交了。

手 下 一　难道今天我们没有尽力吗？

乌 托 妻　才不像呢！

手 下 二　他妈的！我们在树林里整整熬了一天，回来还要被你揶揄，太气人啦！——快给我们准备晚饭。

乌 托 妻　给你们准备晚饭？没门儿！你们有什么功劳？

手 下 二　宰了你！我们没有功劳？

乌 　 托　你还是闭住嘴吧，老太婆！

乌 托 妻　你说什么？你这个懒猪！

乌 　 托　你再说一句，我就要气得爆炸了。快进去，给我们乖乖地炒一盘熊掌肉。

乌 托 妻　炒只死蛤蟆给你们吃才对呢。(从台左下)

乌 　 托　你是欠揍，是吗？要引导激流的流向容易，而要改变女人的主意则难。——进来吧，弟兄们，好好休息一下，吃了饭后就去睡觉。不过有两个人要站岗放哨，大家要记住自己的武器放在哪里，那个黄毛鬼随时都可能杀过来。——现在大家都进来。(众人从台左下。不久，库勒尔伏、迪埃拉、盖普赛、维克萨利和迪麦宁从台右上，迪麦宁手执火把)

库勒尔伏　（自言自语）看见这些石头，这些角落，我就想起了
　　　　　当年的乌托拉庄园，我鼻孔里还闻到了那个该死的家
　　　　　伙的臭味儿。

迪 埃 拉　纽利基已经离开了我们，不是吗？

维克萨利　小声点儿。——他就在那边树桩后面。——我们怎么
　　　　　动手？

迪 埃 拉　库勒尔伏，你认为呢？

库勒尔伏　迪麦宁，你去那个窗户的地方，把火把插好，这样我
　　　　　们在厅堂里厮杀时就有亮光了。（迪麦宁走到台左）
　　　　　按我说的去做。如果有人想从窗口爬出去逃跑，你就
　　　　　刺他一剑。——现在丢掉长矛、弓箭和酒瓶，拿起刀剑，
　　　　　这样在厅堂里厮杀就可以方便得多啦。（众人放下长
　　　　　矛和弓箭，只剩刀剑在手）

盖 普 赛　咱们这就破门而入！

库勒尔伏　先等他们醒过来，我们不是来宰牲口。（灯光从台左
　　　　　射了过来）迪麦宁的火把点起来了，火光照满了乌托
　　　　　的房屋。乌托马伊宁，今天你插翅也难飞。

乌　　托　（从房间里头叫出来）什么东西这么亮？来人啊！有
　　　　　人偷袭放火！快起来，弟兄们！

库勒尔伏　这下可捅了马蜂窝啦！

盖 普 赛　现在就冲进去。

库勒尔伏　差不多了。

乌　　托　（从房间里头叫出来）谁这么大胆敢来我家捣乱？

库勒尔伏　你还问什么？你听不出库勒尔伏的声音吗？在你的耳

朵里这比鬼叫还要可怕。

乌　托　强盗，你想干什么？

库勒尔伏　要你活不过今天晚上。

迪埃拉　乌托，我的伙伴在哪里？野林村基奴在哪里？是你杀了他的，今晚就要跟你清算这笔账。

库勒尔伏　乌托，你就颤抖吧。（乌托和他手下的人从台左冲了进来）

迪埃拉　他们来了。——上！（激烈的厮杀随即展开。乌托逃到台左，库勒尔伏追了过来，乌托手下的人死掉一个，其余的人都闪到一旁，迪埃拉和他的同伴正好等着他们，所有人都消失在左边。屋里不断传出叱咤呼喊和刀剑铿锵之声。基利从台左上，急急忙忙退到台后，维克萨利追了过来，一剑把他刺死）

维克萨利　危急时刻出卖朋友的人就是这样的下场。——多亏库勒尔伏发疯似的挥舞他手中的宝剑，我们终于大获全胜。（从台左下。库勒尔伏上。手里抓着乌托的衣领，乌托满身鲜血，看来已经筋疲力尽——库勒尔伏把他抛在台的中央）

库勒尔伏　你还想说什么？

乌　托　我是不会向库勒尔伏求饶的。

库勒尔伏　对，现在求饶也晚了，因为你是恶贯满盈。去死吧！（一剑刺穿乌托的胸膛，乌托当场毙命。库勒尔伏从台左下）

迪埃拉　（上）大功告成，我们终于出了这口气。（迪麦宁上，

手执熊熊燃烧的火把）

迪 麦 宁 情况怎么样？

迪 埃 拉 很好，不过，盖普赛恐怕不行了。——你的宝剑也沾满了鲜血。

迪 麦 宁 我干掉了两个，他们像老鼠那样想窜出窗口，谁知我的剑正等着他们呢。（维克萨利上，双手按着脑袋）

维克萨利 有人敲破了我的脑袋。

迪 埃 拉 我的额头也长出一个鸡蛋大的包，看见了吗？付出这样的代价就大功告成，我们应该好好感谢天神乌戈。恐怕盖普赛要不行了。

维克萨利 他已经没气儿了。

迪 埃 拉 好好一条人命就这样完了。这样的厮杀太惨了！杀人就像杀猪一样，我的本性接受不了。（库勒尔伏上，前额带血）他妈的，主犯本人来了。

库勒尔伏 把火把给我，迪麦宁。我有用。（手执火把从台左下）

迪 埃 拉 谁杀了那老太婆？

维克萨利 库勒尔伏。在厮杀时他发疯似的把她杀死了。

迪 埃 拉 他的剑快如闪电，还有他的拳头，他的胳膊和脚都非常利索。他在敌人中间游刃有余，搏斗时他就像条蛟龙那样翻江倒海，把敌人打得落花流水。（亮光从台左射了进来）这是什么光？

迪 麦 宁 火光。他放火烧房子了。

迪 埃 拉 这么快？他妈的，他是不是太着急了！（库勒尔伏上）库勒尔伏，瞧你干的蠢事，你简直比猪还要蠢。

库勒尔伏　太棒了！

迪　埃　拉　你这个该死的！现在整个房子都被火焰吞没，什么东西都拿不到了。（台左的火光越来越强）

库勒尔伏　顶棚上的松明很快就烧着了。

迪　埃　拉　你就这样从我们手中把宝贝抢走了。

库勒尔伏　屋里没有宝贝。如果乌托拉庄园里真的有宝贝的话，那你们应该到别处去找一找。

迪　埃　拉　但陈年醇酒也给烧掉了。现在要找一滴来润润喉都没有。

库勒尔伏　那边荒原山丘上有个贮存萝卜的地窖，那里你能找到很多桶醇酒。——给火上再添点儿木柴。这里正好有一大捆。（把乌托尸体拖到台左，然后又走了回来）另外还有你。（又拖走乌托的一个手下）

维克萨利　我们一起狂欢吧！（把基利尸体拖到台左）

迪　麦　宁　好大的火啊！（库勒尔伏和维克萨利上）

库勒尔伏　在黑沉沉的夜晚，让烈火熊熊燃烧吧！我想到那边山头去看。（下）

迪　埃　拉　太疯狂了！这场火太糟糕了，我心里感到害怕。

维克萨利　喝杯酒缓和一下紧张的情绪。——迪麦宁，跟我一起到地窖去取醇酒吧！（维克萨利和迪麦宁下。纽利基上）

迪　埃　拉　我去把地里那条长凳搬过来，我们现在需要长凳。（走到台右）

纽　利　基　（独白）真吓死人，不过总算让我看到了什么是搏斗。

（迪埃拉搬着长凳上，把长凳放在台的中央，然后坐上去）迪埃拉，说实话，我看到这种情景就屁滚尿流了。（台左的火光一直很亮）

迪 埃 拉 老弟，坐下吧。我想跟你聊聊。（他们骑在长凳上，面对面坐下）我很乐意承认你说得对。我还想说，这样的杀人放火太缺德了，但仔细一想，乌托一伙也是罪有应得。不可否认的是，他们做了不少伤天害理的事情，特别是最近这几年。

纽 利 基 他们都是吸血鬼。

迪 埃 拉 不要再讲他们的坏事了，他们已经得到了应得的报应。朋友纽利基，我们可不知道我们最终将死在哪里呢！

纽 利 基 是的，我们压根儿不知道。

迪 埃 拉 一点儿也不知道。

纽 利 基 那么其他兄弟呢？他们是不是都能从这场你死我活的厮杀里安然脱身？

迪 埃 拉 我跟你说，纽利基，过了今夜盖普赛就永远不用嚼面包了，他已经满足了自己的需要。——噢，醇酒来了。（维克萨利和迪麦宁上，一个拿着酒杯，一个提着木桶）大家坐下，让我们痛痛快快地喝一顿。（维克萨利和迪麦宁坐在靠近长凳的地上，开始喝酒）库勒尔伏怎么没有在这里？

迪 麦 宁 他在山顶观火。

纽 利 基 这一定使他很高兴吧！这不正说明这个人具有一种狡诈的韧性吗？这家伙有魔鬼的血统。那天我如果不是跑得快，恐怕也已经被他干掉了，你信不信？他把石头举得这么高，然后朝着我掷了过来。（用手比画着）这么高，说来你也不信。幸亏我跑得快。

维克萨利 这人真是个混蛋。

迪 埃 拉 他这样做实在太过分，太过分。

维克萨利 噢，他把石头举得有多高？

纽 利 基 （用手比画着）这么高。

维克萨利 这家伙真是诡计多端。

迪 埃 拉 尽是鬼点子。

维克萨利 我认识他。——不过那块石头有多高？

纽 利 基 （一直用手比画）这么高，我已经说过了。

维克萨利 就这么高？

纽 利 基 就这么高。

迪 埃 拉 哈哈哈！只有火眼金睛才能量得这么准啊！（喝酒并把酒传给其他人）

纽 利 基 情况就像我说的那样。

维克萨利 严格说来，库勒尔伏是个混世魔王。

纽 利 基 我早就说过了，但现在我还要说，他是无耻之尤，但我纽利基，即使人家把我当作狗屎践踏，只要我光明磊落做人，你猜终究我们两人谁会胜利，盖勒尔伏儿子还是我？

维克萨利 当然是满身狗屎、光明磊落做人那个啰！

迪 埃 拉 对！干杯，纽利基！

纽 利 基 我是来自卡里亚拉，我为我的家族干这一杯。

迪埃拉	难道你是来自那里的大家族?
纽利基	我的家就在俄国边境附近。老爸老娘只有我一个儿子。可怜我老娘因喝酒过度而死亡,老爸便丢下我跑路。我碰到个赶牛车的,他收留了我这个孤儿,后来又把我卖给杂货铺的老板娘,卖了三个馅饼和一根肉肠。——由于这个原因,我用得着觉得没脸见人吗?
迪埃拉	用不着。(迪麦宁睡着了)
维克萨利	这是你的荣誉。
纽利基	只要知足,当奴隶还是做自由人都一样。当奴隶还省了很多烦恼。——但是老板娘心肠狠毒,动不动就乱吼一通。不过我也替她打了 7 年工,直到最后发生一件怪事为止。事情是这样的:有一天老板娘去湖边洗衣服,我乘机舔吃牛奶桶上面的奶油。你猜怎么啦?牛奶桶倾倒了——老天爷啊!牛奶桶倾倒了,只见牛奶流了个满地,我大叫一声,吓得屁滚尿流。
迪埃拉	真糟糕!
纽利基	换了你是我,你会怎么做?
维克萨利	哭天喊地啰!
纽利基	哭有屁用,没用。我决定离开老板娘,自己过生活。但是在我走之前,哼,吃掉她的好东西,把自己塞得像猪一样,吃不完就扔进粪坑,打碎所有的碗碟,还把她那个大水桶推倒,弄得整个地方乱七八糟,然后撒腿就跑,永远离开了老板娘。
维克萨利	真勇敢!

纽 利 基　而她又干了些什么！

迪 埃 拉　后来呢？

纽 利 基　后来我给个有钱人打工，看守他的牛羊。他的脾气也
很大，可我替他干了10年，他只打过我一顿。这证
明了什么呢？

维克萨利　你的东家很有耐心。

纽 利 基　这证明我手脚很快。如果你是人家下人，又不想挨打，
那你别慢慢吞吞，别拌嘴，你要来去如风，有人问你
问题，你要回答得越快越好。

维克萨利　人家还没有问你，你就抢着回答那就更好了！

迪 埃 拉　哈哈哈！你这个调皮鬼。

纽 利 基　就是要快。

迪 埃 拉　后来又怎么样呢？

纽 利 基　我有只牛被野熊吃掉，结果我又跑路。我是一生运
气好。现在我的工作是捕鸟，相信最终到了入土那一
天也还在干这个活儿。（维克萨利睡着了）你信不信，
老兄，咱们有朝一日也是要埋到坟墓里去的。

迪 埃 拉　我们会一个一个埋入地下，就像我们此时此刻睡觉那
样。睡觉就是死亡的一种表现。我们可以看得很清楚，
几分钟之前，我们每个人的头还抬得高高的，而现在
有两个已经低了头打瞌睡，先是迪麦宁，然后是维克
萨利，接下来轮到我们了，但谁先走一步，那是天晓
得啰！现在让我们继续喝吧，干杯！（喝）

纽 利 基　干杯！（喝）

迪 埃 拉　你真是乐天派。

纽 利 基　我每天都是高高兴兴，同时也给所有热血还在心中流
　　　　　动的人带来乐趣。我可以整晚讲故事，还有谜语给大
　　　　　家猜。我还会唱歌。不信我唱给你们听。（唱歌）朋友
　　　　　们，让我们高举起欢乐的酒杯，杯中的美酒使人心醉。
　　　　　这样欢乐的时刻虽然美好，真实的爱情更宝贵。这首
　　　　　歌是我在放牧时学的。你觉得我的嗓子怎么样？老兄，
　　　　　让我们干杯！迪埃拉，我的好兄弟，干杯！

迪 埃 拉　喝吧！（喝了一口，然后传给纽利基）喝酒要大口大
　　　　　口灌下去才过瘾。来，开心鬼。（自言自语）酒后吐真言。

纽 利 基　我们俩都是乐天派。老兄，我最敬重的人就是你，我
　　　　　在大家面前总是说你是正人君子。可是，玛雅丘的歌
　　　　　妮姬，她是个不要脸的人，她竟然厚颜无耻地说你是
　　　　　她孩子的爸，而你却是一个堂堂正正的已婚男子。所
　　　　　以我听到这样的事情后，我就在心里说　这是谎言，
　　　　　这是瞎说。

迪 埃 拉　什么？

纽 利 基　我说这个玛雅丘的歌妮姬是个臭婊子，不过毫无根据
　　　　　的诽谤是伤害不了人的。

迪 埃 拉　你是什么样的人？

纽 利 基　让我们尽情喝酒吧！

迪 埃 拉　玛雅丘的歌妮姬！这跟你有什么关系？

纽 利 基　没有任何关系。不过我有两只耳朵，能够听到世上发
　　　　　生的事儿。每当我听到你的事儿，我总是替你打抱

不平。

迪 埃 拉　你替我打抱不平? 你这个混蛋。

纽 利 基　我还在乎这个吗?

迪 埃 拉　低能儿。

纽 利 基　你爱怎么说就怎么说。(坐起身来)

迪 埃 拉　流氓。

纽 利 基　也行。

迪 埃 拉　你还敢对我提起歌妮姬吗?

纽 利 基　(唱歌)朋友们，让我们高举起欢乐的酒杯，杯中的
　　　　　美酒使人心醉。(迪埃拉喝得酩酊大醉，坐起身来，
　　　　　纽利基见势头不对赶紧离开)

迪 埃 拉　(独白)纽利基,你这个卑劣的家伙,你要溜到哪里去?
　　　　　如果你喝的酒有我一半那么多，你就没有那么容易脱
　　　　　身，我就会扭断你的脖子。——玛雅丘的歌妮姬! 这
　　　　　是迪埃拉自己的事儿，跟你有什么关系? (库勒尔伏
　　　　　从台右上，脸色恐怖)

库勒尔伏　但愿这场火快点儿熄灭!

迪 埃 拉　这不是你自己放的火呀! 你去哪里了?

库勒尔伏　我在山坡上观看这场熊熊大火，它把整个天都烧得通
　　　　　红，它看起来跟乌托马伊宁全家的血一样红，我知道
　　　　　这是我干的。我还在记忆中看见我父亲家破人亡，这
　　　　　也是我干的。我看见埃妮基满脸通红，又惊又苦，我
　　　　　看见伊尔马利妻横尸后院，我知道这一切都是我干的。
　　　　　然后，迪埃拉，我听见一声叹息，就好像无数条激流

从北面汹涌而来，经过我身边时狂风扫落叶似的悲痛怒吼，咆哮声响遍黑沉沉的天空。山顶上的松树全都干枯，并且布满了苔藓，在这场狂潮中沙沙作响，拼命颤抖，老鹰纷纷逃离树上的夜巢，一边飞行，一边尖叫。在这场风暴中我听见复仇的呼喊声，令人心悸，我实在难以摆脱。——现在一切已成定局，迪埃拉，我是满手血腥，我该何去何从呢？我的心在恐怖的黑洞里彷徨，我好像在深不见底的大海里摸索，怎么找也找不到海底，只得重新游上来透透气，但我还是得不到安宁。——噢，现在大火是不是灭了？

迪 埃 拉　让它烧吧。

库勒尔伏　应该下场大雨，把这场大火浇灭！

迪 埃 拉　那就要看你的法术怎么样啰！看你有没有本事呼风唤雨。

库勒尔伏　兄弟，你别取笑我啦！我的心情比乌云更阴暗，更恐惧。——迪埃拉，这场大火令我心惊肉跳。

迪 埃 拉　你真糊涂，这场大火是你自己放的。——去你的！这场大火使你如此烦恼，你又没有本事呼风唤雨，那一走了之不就成了吗？

库勒尔伏　该死的！我已经疯了似的，你还折磨我，你这个臭酒鬼，猪猡，你再胡说八道，我就要把你砸个稀巴烂。

迪 埃 拉　（走过去推了一下维克萨利）维克萨利，快起来，这里要开架了。

库勒尔伏　（自言自语）我无法忍受这种痛苦了。现在我该去哪里呢？回我父亲的家？基摩也许还会把我当作好兄弟来对待。除了他之外，这个世界上就不会再有人这样亲热地对待我了。

迪 埃 拉 （抓住库勒尔伏的手）你说我是臭酒鬼，猪猡，但今天我要你解释清楚，否则我不让你走。

库勒尔伏 松手！

迪 埃 拉 先把事情说清楚。我在问你呢！你不知道吗？

库勒尔伏 你喝醉了。走开，松开我的手！

迪 埃 拉 我喝醉了吗？瞧，难道这算是一种解释吗？维克萨利，起来，维克萨利！

库勒尔伏 冷静点儿，兄弟。

迪 埃 拉 （还抓住库勒尔伏的手不放）我就是不怕你，也许你武艺高强，生气时像发疯似的，但我还是想问你一件事。

库勒尔伏 走开。

迪 埃 拉 你说我是猪猡？

库勒尔伏 是的，我说的。

迪 埃 拉 你能证实吗？现在慢慢地可以搞清楚了。

库勒尔伏 你真讨厌！（把迪埃拉推开，迪埃拉跌倒在地，库勒尔伏下）

第 五 幕

第 一 场

（盖勒尔伏的家。黑夜。基摩精神失常，站在房间中央）

基　　摩　哈哈哈！白天即将进入夜晚，苍天永恒的光芒越来越弱，越来越暗，白昼几乎已经变成黑夜。但是看见今天的天色就想起当年今日。那天同今天一样，天色阴暗，大雾蒙蒙，我拉弓一箭射穿那个人的肩膀，他一头就栽倒在地。我把他埋在沼泽地的深处。本来一切都很顺利，谁知突然一只猫头鹰对着我叫，而且不停地叫。难道这一切都是我的幻觉？难道我听到的这个声音是假的？我觉得我的脑袋好像不正，有点歪斜，我太困了。这并不奇怪，因为我倒立了三天三夜。——那么快去睡觉吧，基摩，用被子蒙着头睡觉吧。（在房间某个角落躺了下来。库勒尔伏上）

库勒尔伏　这里是人去巢空，贪婪的老鹰已经叼走了巢里面的母鸟和小鸟，死神已经清洗了云杉树脚下的这个巢穴。由于母亲离开人间，炉灶里的煤炭已经冰凉。因为父亲命归黄泉，桑拿屋里的石头也已经冰凉。过去妹妹打扫地板，给地板铺树叶，而现在地板上却灰尘一片。
这座房子的旧人都去了哪里？是我把你们送走的，而
我像焚林造地后的松树，孤苦伶仃地站立在黑暗的荒
原上，周围是一片空虚。这一切都是我造成的，现在
我倒是可以尽情欢乐啦。啊，黑夜中的黑夜已经降临，
全世界的人都已上床睡觉，而且都已永远进入梦乡，
只有我还没有睡觉，我拥有这个无人居住的世界，没
有可以跟你说话的伴侣，没有可以跟你一起在炉旁闲
聊的邻居。今夜没有风，树林里没有瑟瑟的声音，长
满青苔的岩石上没有夜莺的叫声。这里的宁静是永恒
的，这里的黑暗永远拥抱着宁静。啊，没有黎明的黑
夜呀！乌托拉的熊熊烈火呀！这件铁制的战袍，我要
把你脱掉，因为你紧紧压住我的胸口。（把战袍脱掉
丢在地上，基摩醒来）

基　　摩　谁在打扰我睡觉？

库勒尔伏　这是基摩的声音！

基　　摩　（走了过来）伙计，你有什么事？

库勒尔伏　（抓住基摩的手）基摩，你好！我还以为你早就离开
了这块伤心地，想不到你还在，见到你我很高兴。我
一想到自己孤苦伶仃心里就难过。——我刚从乌托拉
那里来。

基　　摩　高贵的王子驾到，有失远迎，望求恕罪！

库勒尔伏　你说什么？

基　　摩　这座房子太低了。

库勒尔伏　（自言自语）他好像不认识我了，只是傻乎乎地睁大眼睛看着我。他失去理智了！

基　　摩　死神卡尔玛来过这里，除了我之外，把其他人全都带入拥挤的冥府，我也是费了九牛二虎之力才摆脱它的魔爪。

库勒尔伏　这些情况我都知道。——你现在怎么样？

基　　摩　马马虎虎。（叹气）

库勒尔伏　开心点儿，朋友！

基　　摩　我可没有时间开心，因为我有个秘密要思考。

库勒尔伏　什么秘密？

基　　摩　你想知道这个秘密吗，伙计？它埋得很深。

库勒尔伏　基摩，你别这样像个鬼似的看着我！

基　　摩　你是什么地方的人？

库勒尔伏　你还开什么玩笑。我是库勒尔伏，在乌托拉庄园与你共生共死。你不认识他了？

基　　摩　我认识他，可从他穿上那件铁制战袍离开这里之后，我就没有见过他了。你也许知道这个黄头发的家伙现在何方。

库勒尔伏　我不就是库勒尔伏吗？基摩，我就是库勒尔伏。

基　　摩　天哪，把咒语全都撒在他的头上吧，要跟过去一样多，就像天上掉泥沙，大海卷巨浪。他说的事儿非常模糊，但涉及的是遥远的年代。

库勒尔伏　你在咒骂，是吗？

基　　摩　没错，但经过考虑后，我不知道我该咒骂谁，他还是我自己。

库勒尔伏 咒骂什么鬼，开心点吧！

基　　摩 我像燕子那样高兴，一点儿忧愁也没有！

库勒尔伏 这就对了！我们要高高兴兴地住在这里，只有我们两个人。每天黄昏你带着湖边钓到的鱼回来，而我带着树林里打到的猎物回来。我们一起在炉火旁度过时光。——不过现在是又黑又冷。打火石、打火刀、干柴，它们在哪里呢？（寻找打火刀）等着瞧，我会擦出火花的。（打火）一切都很顺利！看见了吗？我会像天空中的雷神那样打出火花。

基　　摩 为什么我该被炉火烧死？

库勒尔伏 你在说什么？就是开玩笑也应该换个方式！

基　　摩 天意难违，不信你搬100捆松明木，1000车（马拉雪橇）干油松树枝来试试看。我是铜筋铁骨，不是开个玩笑就会烧死的。

库勒尔伏 （自言自语）骂他也是白费劲儿。

基　　摩 不过你不能像宰割羔羊那样宰割我，咱们摔一次跤怎么样？（凶狠狠地朝库勒尔伏走来）

库勒尔伏 你的目的是什么？

基　　摩 （又退了回去，捡起那条长凳威胁库勒尔伏）你们应该说，谁要基摩的性命，谁就得付出很大的代价。

库勒尔伏 别乱来,基摩！（抢走基摩手里的长凳,把它丢在一旁）你再敢威胁我，我就把你赶出家门。（继续打火）

基　　摩 你把我吓得毛骨悚然。我明明把你埋在地下深处几十年，谁有这么大的力量把你从泥土里拉出来？

库勒尔伏　不要再说疯话啦，基摩。我是你的老伙伴库勒尔伏。

基　　摩　你说谎。库勒尔伏额头上有个烙印，人称牵牛星，是乌托拉的煞星。

库勒尔伏　（放下打火石和打火刀，自言自语）让黑暗降临吧！让我就像他那样疯掉吧！这样也许我就不用如此胆战心惊了。

基　　摩　（从地板上捡起铁战袍，向库勒尔伏扔过去，库勒尔伏赶紧躲开）见鬼去吧，乌托拉的野兽！（跑了出去）

库勒尔伏　现在我是生不如死。每次回眸我的一生我是多么迷茫啊。我不知道我为什么要来到这个世界，我也不知道是谁生我的。可怕的黑夜，到处是浑浑噩噩。——坐镇在云层上的天神，如果我祈祷，向天神求情，——这样做值得不值得呢？你这个笨蛋！即使你用牛角拼命地吹，吹得地动山摇，他能听见天边的小鸟叫也不一定听见你的嗓音。不要祈祷，不要哭泣！你的前面只剩死路一条。好吧，我愿意死，在天亮之前我就走进雾蒙蒙的阴曹地府。（从地下传来盖勒尔伏妻的声音：库勒尔伏，我的儿啊！）

库勒尔伏　这是什么声音？这个声音很亲切。这是我母亲在九泉之下喊我的名字啊！（盖勒尔伏妻的声音：库勒尔伏！）

库勒尔伏　这是她的声音！唱吧，唱过去的明媚春光，唱首摇篮

---

*　苏瓦托拉意为“静水之国”，来自苏瓦托拉的人即万奈摩宁。

曲，我会整晚侧耳倾听，我不会赶着去死。（盖勒尔伏妻的声音：库勒尔伏！）

库勒尔伏　我听见了。你有什么需要？（盖勒尔伏妻的声音：我的儿啊，你这么苦，弄得我死不瞑目，可我是爱莫能助！只有一个办法我可以试一试，尽管你罪孽深重，但我还是要替你向天神乌戈求情。我要赶紧走啦！）

库勒尔伏　你亲切的声音能暂时延长我的生命。好吧，就等到天亮。明天太阳出来我就会消失在人间。可现在我不能再留在这座恐怖的房子里，我要走进树林。刚才真的是我母亲的声音还是我的幻觉？我不知道。——不管怎么样，我现在立即去树林。（下）

第 二 场

（夜晚。森林地带。护林女神上）

护林女神　（自言自语）月亮，为卡勒瓦拉英雄们照亮前进的道路，为他们照出他们小船途中的暗礁，因为他们是去波赫约拉夺取三宝磨连同那彩色的盖子。发狂的库勒尔伏杀害了波赫约拉的美女，破坏了波赫约拉和卡勒瓦拉之间的和约，而现在这两个种族再度兵戎相见，我们的阵营可能因祸得福，否极泰来。——月亮，继续照亮他们的征途吧。噢，他们的船在激流下方停住了，也许要等天亮再继续航行。瞧，我看见三个人上了岸。

他们是贤人万奈摩宁、铁匠伊尔马利宁和年轻的勒明盖宁。他们也许是去岛上探路。——那边是谁啊？这里是无人居住的地方，所以只能是某个逝者的鬼魂，它的脸色像雪一样苍白，走起路来跟跟跄跄，如履薄冰。

鬼　魂　姑娘，你好！我是从冥府来的鬼魂，生前我就住在这一带，我是盖勒尔伏的妻子，库勒尔伏的母亲。我就是为了这个苦孩子才从坟墓来到这里，我要祈求天神宽恕这个命途多舛的人，但我求来求去都没有用，老天爷就是不听我的祈祷。所以我想劳烦护林女神，请您向上天求情，平息上天对我儿的怒气。您是受天神乌戈宠信的人，求您行行好，救救我的孩子。

护林女神　啊，来自冥府的鬼魂，库勒尔伏傲视恩赐，嘲笑天地，罪行累累，你为什么要替这样的人求情呢？

鬼　魂　他现在气恨已消，整天在树林里游荡，心里是悲痛万分。

护林女神　他的一生罪孽深重。

鬼　魂　他走上这条道路就是因为他的命苦。

护林女神　老实对你说，还在他彻底堕落之前我曾帮助他改邪归正，但他不听我的劝告，还气冲冲地把我赶走。可怜的母亲，你的儿子命苦，这是他咎由自取。

鬼　魂　我们做妈的，不管儿子变成什么样，总是非常疼他的。仁慈的女神，以前他躺在我胸前吃奶时是多么温顺啊！

护林女神 那时候他是天真无邪的羔羊，而现在他是沾满鲜血的野兽。

鬼　魂 我儿在我怀里时真是好可爱啊！

护林女神 可怜的人啊，你还是下去安息吧。

鬼　魂 我的心肝儿。

护林女神 忘记他吧！

鬼　魂 我的宝贝，当年我的怀抱就是你的世界，而你就是我的世界的阳光。

护林女神 我很同情你，但我是爱莫能助。

鬼　魂 可怜的儿啊，我十月怀胎，后来含辛茹苦把你养大，想不到今天你会有这样的下场。（双手掩眼，开始哭泣）

护林女神 啊，可怜的鬼魂，你的悲伤刺痛了我的心。好吧，你回到冥府去安息，我会实现你的请求，我会替你儿子向天神求情。

鬼　魂 您答应了？

护林女神 是的。

鬼　魂 多谢您，可爱的女神，愿您吉星高照。——我会马上离开这里。（消失）

护林女神 我现在就向上天祈祷。如果他只是闪电不打雷，那就是他大发慈悲同意我的请求；但是如果闪电之后再打雷，那就是没有商量的余地。（祈祷）天神，仙女斗胆替人求情。——没有反应。求上天饶恕可怜的库勒尔伏。（一道电光闪过，随后隐隐约约传来雷声）现在他的心情非常沉重。——求上天看在他可怜的母亲

份上饶恕他吧。（一阵闪电再加一声霹雳巨响，护林
女神惊恐万状，跑步而下。库勒尔伏上）

库勒尔伏　这种天气使我烦恼，熊熊火光之中我看见青面獠牙的
妖怪在云雾中对着我狞笑，天全亮的时候，云层上面
的松树又都变成了胡子长长的妖怪，眼睛冒出火花，
朝着我逼近。——你们要我干什么？让我安安静静逛
逛荒原好吗？当大自然的力量互相交战时，让我们和
谐相处。——朋友！我现在该说什么呢？——瞧，那
片云好像张口的毒龙，吓得我汗流满面。不要看那边，
看着地面，继续赶路。（环顾四周）我认识这块地方。
野山坡？该死的地方！年轻貌美的埃妮基就是在这里
受尽煎熬，然后就像飞鸟一样冲向激流，我现在还能
听到汹涌澎湃的声音。——你是来自冥府的声音，你
的声音很弱，但就是你把我带到这里的，你也许就是
鬼神希西。——可既来之则安之。这块地方霜草连天，
凄风苦雨，作为我葬身之地是非常合适的。（从剑鞘
拔出宝剑）宝剑啊，宝剑！你喝过多少无辜者的血，
你为什么不喝有罪者的血呢？我懂得，光亮耀眼的剑
头，你不作声，你就是想让我鲜血横流。不过，谁来了？
你还是先回到你的剑鞘里去吧。（万依奈、伊尔马利
和勒明盖宁上）

伊尔马利　夏天快结束了，但雷声仍然没有停止。

万 依 奈　那就是说秋天不会太冷了。

伊尔马利　我从来也没有见过闪电闪得这么久。好像上天很愤怒，

要把大地一烧而光。

万 依 奈　像这样的夜晚很可怕，但又很庄严。

伊尔马利　（看见库勒尔伏）谁？是人还是鬼？库勒尔伏！

　　　　　（拔剑要刺库勒尔伏，万依奈不让他这样做）

万 依 奈　等一等！

伊尔马利　让开！

万 依 奈　住手！

伊尔马利　难道我不能替我老婆报仇吗？

万 依 奈　你杀了他，可能会后悔的。

伊尔马利　后悔？（勒明盖宁上）

万 依 奈　现在不是流血的时候。

勒明盖宁　把剑收回剑鞘，放过这条可怜虫吧。

伊尔马利　放开我！

勒明盖宁　休想！

万 依 奈　看看他的模样，这样的人你还下得了手？

伊尔马利　他杀了我老婆，他残忍地杀害了波赫约拉美丽的女儿。
　　　　　这个坏蛋，他永远夺走了我的幸福，让我陷入极度的
　　　　　悲痛之中。

万 依 奈　他比你还要悲痛。瞧，他脸如死灰，看他这样的模样
　　　　　我的心就难受。（对库勒尔伏说）伙计，你为什么像
　　　　　结了冰似的站在那里，好像刚从天上掉下来第一次见
　　　　　到人间烟火？你还有没有生命？

库勒尔伏　我是从天上掉下来的。你想干什么？

万 依 奈　原来你还会说话。

勒明盖宁　你这个可怜虫，你为什么还在这里徘徊？马上离开芬兰岛，走得越远越好。

库勒尔伏　怎么回事？刚才为什么如此嘈杂？我现在是听而不见，我只看见几道黑影在我前面晃动。其中一个对着我拼命挥动宝剑，其余两个抓住他的手臂跟他纠缠，我只看见这么多。我知道怎么回事，你们想要我的命。伊尔马利一心想报仇，要我血债血偿。铁匠，这就是我的胸口，你想这样干的话，那你就用剑刺穿我的胸膛。没错，是我杀了你老婆，但那个波赫约拉大美人在我的面包里放石头，还叫我狗奴才。

伊尔马利　把你干的坏事全给抖搂出来吧！

库勒尔伏　该死的！她叫我狗奴才，就好像冰水倒进烧红的铁锅一样，弄得我热血沸腾，毛发直立，天昏地暗。我举起手中的刀，面前的鬼影就倒下，永远起不来了。这是我干的，我干的这件坏事。我看见她躺在地上才知道自己闯了大祸。然后我就逃跑了，整个事儿就好像做梦一样。从此以后，我的生命就像充满狂风暴雨的夜晚，电闪雷鸣，山崩地裂，焚树烧林。我心惊肉跳地游荡在峡谷之中，老天爷每时每刻都在威慑着我——来自苏瓦托拉的人，你的看法怎么样？

万　依　奈　我觉得具有你所想象的今晚那种阴沉沉心情的人在这里是再也得不到安宁了。

库勒尔伏　我一只脚已经踏进鬼门关，天亮之前就会下到冥府。你们是幸运儿，幸福的白昼是属于你们的。

万依奈　我不鼓励你自杀。

库勒尔伏　天快亮了，但这与我无关。希望你们好好迎接新的一
天，它会给你们带来幸福，希望你们长命百岁，千万
别像我这样悲惨凄凉。我不知道我为什么要生在这个
世界上，我也不知道我是怎么活着的，不过我这辈子
也红火过，现在想起来面颊还会流汗。此时此刻我的
今生已经走到尽头，通往冥府之路即将开始，但此路
的终点在哪里呢？黄泉路上我会遇到什么样的人呢？
住在冥府的人会欢迎我，嘲笑我，还是整夜围着我哭
哭啼啼呢？万依奈，你是强有力的歌手，你曾经到过
冥府，能不能告诉我那里的情况？

万依奈　库勒尔伏，你别费口舌啦！不过你应该知道的是，那
里是善有善报，恶有恶报。

库勒尔伏　有人告诉我说，但我记不太清楚，大概的内容是这样：
进了鬼门关你就会听到激流汹涌的声音，穿过激流你
就知道该登岸爬山了。如果你登的山脊就是海边的悬
崖，如果你快速地往上攀登，那么你就能看见冥府的
耕地、漆黑的树林、汹涌的激流、昏暗的原野，那里
充满了无穷无尽的忧愁，除此之外还有乌云密布的天
空。你的面前就是这样的环境，你不想走这条路，一
股秘密的力量会推着你往前走。——啊，昏暗的世界！
我为什么要生下来目睹这一切呢？我为什么要来到这
个世界呢？啊，漆黑的世界！——我亲手把那么多人
送上这条路，现在轮到我自己，走上这条路难道我会

害怕吗？我现在就想看看奇山怪石，听听激流的汹涌澎湃。——万依奈、伊尔马利、勒明盖宁！

万 依 奈　你想干什么？

库勒尔伏　曾经有个少女在这里心碎肠断，如今这些青草还在为她哭泣，就在这里。（自言自语）啊，姑娘，你别脸红！——卡勒瓦拉的英雄们，请你们听我说啊！

万 依 奈　我们听见了你的呼声。（静了好久，库勒尔伏的眼睛盯住卡勒瓦拉英雄们）你还有什么要说的？

库勒尔伏　那边是不是天刚破晓，东边？（万依奈、伊尔马利和勒明盖宁朝台左看。库勒尔伏拔剑刺穿自己的胸膛，砰的一声，倒地而死）

伊尔马利　瞧，他的剑真快啊！

万 依 奈　哎，真可怜啊！

勒明盖宁　他已经浸泡在自己的血泊之中了。

万 依 奈　这点我们是可以预料到的。刚才他的言谈举止说明他即将赴死。

勒明盖宁　他一动也不动了。

万 依 奈　他刚才还咬牙切齿，要把全世界砸得稀巴烂，现在死神让他彻底安静了。这都是手足相残的恶果。一个小黄蜂可以长成一条毒蛇，但最终的结果是自身的死亡。不过，看看这个疲倦的人，他现在睡得多么甜啊！——瞧，大自然的模样是多么温柔，晨曦的太阳露出笑容，荒原上的松树渐渐变红，一切都透出平安的气息。——啊，伊尔马利！你现在对躺在地上的这个人有什么感觉呢？

伊尔马利 过去的事一笔勾销。愿他安息吧。

万 依 奈 这样说话才算英雄好汉。——勒明盖宁，你常常是嬉皮笑脸，而现在却神色凝重，这样的表现使你更加潇洒俊俏。爱之子，在这里我们看到了凄惨的一幕。

勒明盖宁 愿他安息吧！现在我们要给他找个地方，让他入土为安。

万 依 奈 把他抬到激流旁边，船上的人会帮我们的。

勒明盖宁 你拿着他的剑走过来，伊尔马利宁。（把库勒尔伏的剑交给万依奈）

万 依 奈 我们就把盖勒尔伏儿子库勒尔伏埋在激流旁的云杉树底下吧。（伊尔马利宁和勒明盖宁抬起库勒尔伏，全体下）

（全剧终）（1859，1860）

Nummisuutarit

荒原上的鞋匠

阿历克西斯·基维◎著

余志远◎译

中国青年出版社

前 言 二

阿历克西斯·基维 (Aleksis Kivi，原名 Alexis Stenvall)，出生于努米耶尔维村一个穷苦的裁缝家庭，他从切身经历中撷取题材进行创作，真实地反映了当时的社会现实。基维是第一个用芬兰文写作的剧作家和小说家。他一生坎坷，贫病交迫，最后患精神病死去。基维的文学创作是在不到 10 年的时间里完成的。他总共写下了 12 个剧本、大量的诗歌和不朽的巨著小说《七兄弟》。

《库勒尔伏》是基维的第一部剧作。该剧取材于芬兰民族史诗《卡勒瓦拉》，具有强烈的爱国主义精神，是一部悲剧。1864年创作的《荒原上的鞋匠》是有名的讽刺喜剧，是芬兰第一部喜剧。该剧的发表，表明基维已经形成了自己独特的风格，也标志着具有芬兰民族特性的戏剧的诞生。

《荒原上的鞋匠》是芬兰文学史上一部经典喜剧，它具有两层含义：一是它是芬兰文学史上的经典作品；二是它具有经典喜剧所包含的众所周知的喜剧成分，但又不落俗套。

此剧一开始就是围绕图比亚斯家叔叔所立的遗嘱而展开的一场结婚竞赛。遗嘱规定：图比亚斯的儿子埃斯科和养女雅娜，他们俩人中谁先结婚谁就可以继承他们叔叔的 500 克朗遗产。图比

亚斯妻子玛尔塔与图比亚斯都希望雅娜能嫁给他们的儿子，这样就皆大欢喜。但实际情况是，雅娜说埃斯科是头蠢驴，拒绝了他，而她却爱上了木匠克里斯多，两人相爱并且准备结婚。为了让埃斯科先结婚，图比亚斯和玛尔塔一方面催促埃斯科前往加利庄园去跟加利的养女柯丽达成亲，另一方面他们千方百计阻挠雅娜和克里斯多的婚事。然而，埃斯科和柯丽达的"婚事"实际上是个骗局，这是加利和柯丽达开的一个玩笑而已，但图比亚斯和他儿子都把它当真的。加利欺骗了图比亚斯。在迎亲路上，媒人米科·维尔加斯欺骗了埃斯科，埃斯科的弟弟依法利在海门林纳市欺骗了家人把让他买东西的钱全都喝光，雅娜的父亲水手尼科假装成盗贼，欺骗了依法利等人从中途酒店乘马车回到自己的故乡。这一连串的骗局充斥了全剧，为观众提供了大量的笑料。

《荒原上的鞋匠》简单明了地反映了喜剧所具有的各种不同的特征。它不仅是情景喜剧，也不仅是情节喜剧，喜剧效果也不仅仅是建立在人物性格的刻画之上。它的奇妙之处就在于剧情是在缓慢地、逐步地走向高潮。通过玛尔塔的口述，观众就知道了这样一个滑稽的局面："我有两个儿子，一个在家里像个猫头鹰似的目瞪口呆地凝视着，另一个像着了魔似的在外面到处闲逛。"埃斯科的迎亲和他弟弟依法利为埃斯科的婚宴进城采购是全剧的情节所在，而埃斯科的"婚事"结果变成了一场闹剧，给他们兄弟俩带来了灭顶之灾。埃斯科迎亲的情节是主线。这是经过事先策划的，埃斯科父亲图比亚斯和农庄主加利在中途酒店互相握手决定，然后由埃斯科出发去实现，就像定时炸弹那样，它的爆炸是经过精心安排的。但是依法利的情节不是事先策划的，只是在第

一幕中简短地提到了他酗酒夜游这一线索。这两个情节有许多共同之处:两者皆落空,两人都名誉扫地。但当我们改变观察视角时,我们就会发现它们之间是具有明显的区别的。

按照经典作品的惯例,善有善报,恶有恶报。在《荒原上的鞋匠》中,这一连串的欺骗都得到了报应。正义最终战胜了邪恶,罪恶得到了惩罚,领唱人牧师赛贝乌斯就是这样庄严地宣布的。最终的结局是皆大欢喜。遗嘱的问题得到了妥善的解决。尼科的确成了图比亚斯鞋匠家的宝贝:雅娜找到了亲生父亲,图比亚斯家获得了一半遗产,雅娜与克里斯多有情人终成眷属。而最主要的是,图比亚斯家中所有污点从此一扫而光。这样的结局是《荒原上的鞋匠》所产生的最强烈的喜剧效果。

除了按照普世价值观所确定的正确与错误之外,此剧还充满了鲜明的对比:善与恶,诚实与欺骗,骗子与被骗的。米科·维尔加斯的见多识广与埃斯科的无知,母亲玛尔塔的粗声粗气与她丈夫的瓮声瓮气,依法利和撒盖利的诡诈与埃斯科的纯真,埃斯科的挑衅与裁缝安德累斯的温顺。另外,《荒原上的鞋匠》对人物性格的刻画也是独具匠心的。埃斯科心地善良,但太憨厚,太死心眼儿和自尊心太强,因此在自己的婚事上闹出了一场笑话。这个人物形象已经成了芬兰人的典型代表。在创作手法上,基维把现实主义和浪漫主义巧妙地结合了起来,语言生动活泼,大量的口语、俚语使作品充满了浓郁的生活气息。基维熟读《圣经》和莎士比亚剧作,因此他在自己的作品中经常运用《圣经》中的典故和莎士比亚戏剧中的台词。

在芬兰,《荒原上的鞋匠》是一部脍炙人口的文学作品,150

年来在芬兰舞台上是长盛不衰，并且先后三次拍摄成电影。在国外，这部喜剧已经译成俄、英、法、德、瑞典、西班牙、匈牙利等多种文字。在我国，这还是第一次从芬兰原文直接翻译成中文。

余志远

2015 年 5 月于北京

草原上的鞋匠

剧中人物

赛贝乌斯　牧师，教堂唱诗班的领唱人

图比亚斯　鞋匠师傅

玛 尔 塔　图比亚斯的妻子

埃 斯 科　图比亚斯的大儿子

依 法 利　图比亚斯的小儿子

米 　 科　媒人

尼 　 科　水手

雅 　 娜　尼科的女儿，图比亚斯的养女

克里斯多　年轻的木匠

加 　 利　农庄主

柯 丽 达　加利的养女

雅 　 谷　木鞋匠

撒 盖 利　玛尔塔的弟弟，下岗警察

安德累斯　裁缝，单簧管吹奏者

戴 　 姆　小提琴手

埃 利 基　陪审员

出场的还有莱姆·加来、戴姆的父亲、安娜婆婆、客人、酒店店主等

第 一 幕

　　　　（图比亚斯的房间：台后面有门和窗户，台右有
　　　一张桌子，台左是旁门，台左稍前的地方有一条长凳，
　　　凳上放着鞋匠的工具。雅娜坐在桌子旁边织袜子，埃
　　　斯科站在长凳旁缝纽扣）

埃 斯 科　雅娜！我母亲离家时嘱咐过我，上路之前，也就是说
　　　　　出门迎亲之前，应该好好准备一下，当她回来的时候，
　　　　　我应该穿上了新郎的衣服。

雅　　娜　她叫你在阁楼上把你父亲的鸡尾服、帽子、红色背心
　　　　　和长及膝盖的短裤统统穿在身上。

埃 斯 科　（把手上的活儿放在一旁）啊呀！该快马加鞭啦，我
　　　　　现在走的这一步，可不能留下任何笑柄。（从台后下）

雅　　娜　埃斯科在我前头结婚，他就有权继承 500 克朗*，而
　　　　　我就什么也没有了，叔叔的遗嘱就是这样规定的。但
　　　　　是，只要我能嫁给我心爱的克里斯多——我想我这个

---

　　*　1840 年前，除了俄国卢布外，芬兰仍在使用瑞典克朗，1 克朗 =100 分。

愿望很快就要实现的——那可比继承遗产要贵重得好几千倍了。（克里斯多上）克里斯多！你怎么敢到这里来！

克里斯多 老太婆不在家，不是吗？

雅　娜 她去教堂村了。

克里斯多 图比亚斯好像在地里刨土豆。不过，他们的孩子在哪里？那个毛发直立的埃斯科在哪里？

雅　娜 嘘，轻点儿！现在他正在阁楼上把自己打扮成新郎呢！

克里斯多 打扮成新郎？

雅　娜 他马上跟米科·维尔加斯一起出门去参加自己的婚礼呢！

克里斯多 事情真的有结果啦？

雅　娜 也许是这样。为了搞到结婚证，玛尔塔命令鞋匠到法院去。

克里斯多 这样他们就可以让还未成年的儿子马上成亲，他可是要再过半年才到成年的年龄啊！

雅　娜 埃斯科的母亲正在找领唱人，让他代表埃斯科的父亲给埃斯科开一张结婚证明。

克里斯多 这下 500 克朗就没有我们的份啦！是鞋匠的儿子把钱给抢走的，而你却比他要大半岁。该死的！这个愚蠢的下士，他为什么要立下这样一份莫名其妙的遗嘱呢？——他们两人中谁先结婚谁就继承这笔遗产——遗嘱是这样规定的。他按照这个条件来决定继承权是

不是合理呢？如果规定把所有的钱给一个人或者一人一半，我们现在都不会感到有什么难过的。损失这笔钱我们不在乎，但是这件事引起的烦恼真是令人难以承受！——我觉得，如果不让图比亚斯鞋匠成为你的养父，情况也许就会是另一个样子。不过，也许你母亲去世的时候他们就是这样打算的，而这样的打算现在已经实现了。愿瘟疫降临到鞋匠身上吧！*

雅　娜　　我们要责怪的不是图比亚斯，而是玛尔塔，在家里发号施令的是他的老婆，鞋匠、他们的儿子和我都得听她的。她对我总是很粗暴，特别是当她看到没有希望让他们的儿子娶我做妻后更是如此，而这桩婚事他们已经等了很长时间了。

克里斯多　她就是这位远近闻名的鞋匠老婆玛尔塔，不是吗？

雅　娜　　要是我父亲在这里就好了！他怎么能这样丢下他的妻子和孩子而流落他乡呢！

克里斯多　我听到了有关他的消息。

雅　娜　　我父亲的消息？你听到什么了？

克里斯多　听说他又回到芬兰了，有人在图尔库看见了他。

雅　娜　　但他是要受到法律惩罚的。

克里斯多　按照法律，职业水手弃船脱逃坐几天牢就行了。按你父亲和其他脱逃的水手情况来看，他的处罚还可以更轻一些，因为有一半以上的水手弃船而逃，同时闹事

---

* 这句话引自莎士比亚的《理查三世》第一幕第三节。

的原因归咎于该船的领导。噢，玛尔塔回来了。

雅　　娜　你快走，克里斯多！

克里斯多　她已经上了台阶了。

雅　　娜　这下我们可要倒霉啦！

克里斯多　不用慌乱。（玛尔塔上）

玛 尔 塔　克里斯多在我的家里？出去！门在你的前面。

克里斯多　门在我的后面，我的前面是大名鼎鼎的鞋匠妻子玛尔
　　　　　塔，我是你们家的养女雅娜的未婚夫，也许你们该称
　　　　　呼我为女婿。

玛 尔 塔　滚出去，你这个流氓！

雅　　娜　克里斯多，你快走，别跟她吵嘴！

克里斯多　我的玛尔塔，让我们从今以后成为朋友吧，因为我再
　　　　　也不会阻碍你们得到 500 克朗了，赶快把钱交给埃斯
　　　　　科吧！

玛 尔 塔　你这个该死的！难道你还不想走吗？

雅　　娜　听我的，克里斯多！

克里斯多　不过，这笔钱会使你鸡犬不宁。我马上要在我们的教
　　　　　区以及许多邻近的教区里高唱一首嘲笑你们的歌，我
　　　　　给它起名为"鞋匠的老婆玛尔塔"。（克里斯多下。玛
　　　　　尔塔把一块松树木片扔向他的身后。）

玛 尔 塔　该死的！（埃斯科在阁楼上喊道："楼下在吵什么？"）
　　　　　（玛尔塔对着雅娜）你这个贱妇！难道我没有禁止过
　　　　　你跟克里斯多来往吗？

雅　　娜　我做什么啦？这可不是我叫他来的。

玛 尔 塔	住嘴！你织的袜子从你手里掉下来了！——这个袜子今天有一丁点儿进展没有？快走！到围栏里去刨土豆吧！叫图比亚斯回来。（雅娜下）埃斯科，你在楼上干什么？（埃斯科的声音："我是遵命在穿结婚礼服。"）那你就赶快穿，别在那里磨蹭啦！唱诗班领唱人和米科·维尔加斯就要来了。（埃斯科的声音："我马上就穿好了，现在我正在穿父亲的裤子。"）（玛尔塔自言自语）我肯定，这次他去迎亲一定会闹出很多笑话，因为他是一头蠢驴，顽固得像头老黄牛，他是每个嘲笑者嘲笑的对象。当然，上帝是知道我是怎么对付他的。我已经尽我的力所能及，不是用嘴巴开导他，就是用绳子抽打他，但是井里打水往河里倒，一切都是徒劳的。——看来依法利还没有回家，这个鬼迷心窍的家伙，他昨天就出门了。等着瞧吧，你回家后，我又该用棍棒教训你啦，我一定会这样做的。必须这样做，这是罪有应得。不管这样做是成事还是败事，惩罚还是需要的。——是啊，我有两个儿子，一个在家里像个猫头鹰似的目瞪口呆地凝视着，另一个像着了魔似的在外面到处闲逛。（图比亚斯上）
图比亚斯	你已经回家了，玛尔塔。领唱人怎么说？
玛 尔 塔	是啊，他说了些什么？我得天南海北到处奔跑，而你却不管山崩地裂就像尊菩萨那样坐在家里。
图比亚斯	别这样说，玛尔塔。这是你自己愿意这样做的。
玛 尔 塔	我这样做是因为我是这个家里唯一能办事的人，而你

们这些人都是浑球儿。

图比亚斯 领唱人来不来？

玛 尔 塔 请他来他会不来吗？

图比亚斯 那么你对埃斯科出门迎亲有什么看法？

玛 尔 塔 就是说他背着褙裢在米科·维尔加斯陪同下到新娘家去。

图比亚斯 如果我们给他们坐马车的盘费怎么样？

玛 尔 塔 婚礼后带着年轻的妻子回来时才能让他们坐马车，从这里到新娘家，他们只得走着去。

图比亚斯 不过，你看，玛尔塔，他可是鞋匠师傅的儿子，他本人也很快就会获得同样的头衔。因此，用两条腿走着去也许看起来有点儿不合适，一般人会认为这样做也许有点儿丢脸。

玛 尔 塔 丢脸！但愿他这次出门成亲不会给他带来更大的耻辱，不过，我怕他身后会留下数不清的笑柄，因为他生下来就是一个傻里傻气的孩子，难道你没有看出来吗？

图比亚斯 我的埃斯科是个傻瓜？这是谎言，这是秽言恶语，是妒忌引起的。"我是傻瓜吗？虽然大家都叫我傻瓜。"西奥尼诗歌集中西奥尼是这样唱道的。——你不能把埃斯科称为傻瓜，他跟他父亲一样聪明，也就是说跟我一样聪明。他里里外外都完全像我。他并不愚蠢，只是有点儿固执罢了，这点可以从他的头发看出来，他的头发是白色，而且是硬毛，跟他老爸一样，老爸

指的就是站在这儿的我。简言之，他就是他父亲真正的儿子，长得跟我一模一样。（埃斯科穿着结婚礼服上）

玛 尔 塔　你这个笨手笨脚的家伙，现在不好意思也没有用了，因为这件事关系到 500 克朗。我不会让这笔钱落到雅娜手里的，就是把我四肢缚住装在麻袋里，把我扔到深不见底的水井里，我也不会让这笔钱落到雅娜手里。

埃 斯 科　妈妈，你现在觉得我怎么样？

图比亚斯　你好，埃斯科！你戴了我的帽子，穿上了我的鸡尾服，21 年前我就是穿着这套礼服跟玛尔塔一起走进了婚姻的殿堂。我觉得 21 年前我就是你现在这个模样，而你那时还只有拳头那么大，还要过 5 个月你才能呼吸到人间的空气。但是人生的变化真快呀！那时你还像个剥了皮的小松鼠，而现在长得连这套鸡尾服也快穿不下了。埃斯科，人生的变化真快呀！

埃 斯 科　妈妈，现在你觉得我怎么样？

玛 尔 塔　（坐在桌子旁织雅娜留下的袜子）是啊，我觉得你怎么样？你身上穿的衣服还行，笨蛋。

埃 斯 科　我朝着门边走去，你看衣服的背部怎么样？你们仔仔细细看看！（走向房门）

图比亚斯　棒极了！你走起来像骑兵队里的马那样很潇洒。

埃 斯 科　我要问的是，爸爸，你看鸡尾服的后背怎么样？

玛 尔 塔　顶多像没有马鞍的马那样，你这个木头疙瘩。

图比亚斯　很好，很好！

埃 斯 科　（转过身急急忙忙走向他父亲）爸爸，你现在是不是

真正清楚我要去哪里?

图比亚斯　噢,祝你旅途愉快!祝你万事如意!祝你长命百岁! 我知道你会活得很长的,因为你咿呀学语时说的第一 个字是"面包"。

埃 斯 科　我希望这也是我说的最后一个字。——爸爸,我去参 加我自己的婚礼。

图比亚斯　但愿上帝保佑你,我的孩子,祝你成功!我们全家都 会为你祈祷,因为你即将开始新的生活。你这次旅途 中也许会遇到很多危险,甚至会遇到死神。记住,你 可也是一个大罪人啊!

埃 斯 科　我们每一个人都是罪人,愿上帝保佑我们。——爸爸, 我走了这一步,这是重要的一步。

图比亚斯　我明白。

埃 斯 科　我指的并不是我用脚向前跨的一大步。不,不是这个。

图比亚斯　我明白。你指的是迄今为止你还没有遇到过的如此重 大的变化,你是要进入婚姻的殿堂,这就是你所说的 重要的一步,是吗?

埃 斯 科　是的,这就是我的意思。

图比亚斯　我们互相理解彼此的想法,尽管我们有时要通过形象 和比喻来谈论。我们压根儿不愚蠢,不是吗?

埃 斯 科　我对愚蠢是很恨的,我像条凶狗那样对着愚蠢狂吠, 不过聪慧并不是每个人都有的。

图比亚斯　说得对,我的孩子!——听着,我想给你讲个《圣经》 故事:从前有个很虔诚的人,名叫图比亚斯,他有个

儿子，快要结婚了。请注意，埃斯科，我也叫图比亚斯，我也有个儿子，他也快要出门迎亲了。

埃斯科　这里有多么惊人的相似之处啊！他们俩也都是鞋匠，对吗？

图比亚斯　这个方面我没有把握，但是我想情况是这样的吧！——正如我所说的那样，他们都是很虔诚的人，现在儿子要出门去向一名女子求婚，而这位女子已经有7个求婚者，但是魔鬼把他们全都杀了，因为他们对女孩的爱是肮脏的——

埃斯科　不过，我的爱是纯洁的，不是肉体的欲望，也不是眼睛的贪求。

图比亚斯　我觉得情况的确是如此，但是魔鬼也可能在你的路上布下罗网和绳索，目的是要把你杀掉。

埃斯科　然而，我怕的不是魔鬼和它的罗网，我更怕的是柯丽达打工的村子里那个木鞋匠。我从背包货郎蒂莫乌斯那里听到，这个家伙看上了柯丽达。不过，他只是个木鞋匠而已，可怜的家伙，他永远也没有希望成为鞋匠师傅，而我在下一届地方法院里也许就能获得这个头衔。噢，他是我的求婚对手，但我觉得他并不十分危险。

图比亚斯　说得对，说得好！对待每一件事我们总是走在一起。你身上的勇气正在增强，正在增强！——这个，我刚才说到哪里啦？——对，魔鬼作弄了这7个人，因此他们都被杀了。——恭恭敬敬听着，埃斯科，我是在

讲《圣经》故事。

埃斯科　我像教堂里的耗子一声不吭。

图比亚斯　现在图比亚斯的儿子出门去成亲，接着上帝的天使降临了。埃斯科，听见了没有？

埃斯科　我像教堂里的耗子一声不吭。

图比亚斯　天使从天而降，化成了小图比亚斯的媒人，小图比亚斯很乐意地接受了。他们俩沿着砾石小路快步走去，可是当他们最终来到一条小河旁时，只听见小图比亚斯吓得大声喊叫，因为一条大鱼——

埃斯科　（对着玛尔塔）妈妈，你把咸青鱼放进干粮袋里没有？

玛尔塔　你们这两个傻瓜，老子和儿子都是一路货色。领唱人来了。（对着埃斯科）你的干粮袋里应该放一大包青鱼，我知道，放少了你是不够吃的。（从左边下）

图比亚斯　（向窗外看）玛尔塔说得对。领唱人已经到草场了，让我前去迎接他吧。（图比亚斯下）

埃斯科　（独白）爸爸说："人生的变化真快啊！"愿上帝保佑我！好吧，如果从心灵深处仔细想一想的话，情况的确是这样。这里没有开玩笑的余地！这里没有开玩笑的余地。现在这个时刻，从头到脚，从里到外，我的身体被一种特殊的激情所占据。这使我预先尝到了结婚所带来的快乐。（来回走动）哈哈！当荒原鞋匠的儿子埃斯科举行婚礼的时候，世人会睁大眼睛朝他看。婚礼中一定要唱歌跳舞。婚礼后，我要高唱"让欢乐传遍世界"。我禁不住要哭起来了。（擦眼泪）事情已

经发展到这个地步，难道哭泣还有什么用吗？一点儿也没有用。因此，我要坚强起来，我要高唱我孩提时所学的那首结婚曲。毫无疑问，这是一首美妙的歌曲，但是我想在后面再加上几个音符，这样一来，音调就会变得更加铿锵有力。好吧，言归正传。（开始唱歌）

婚庆时刻热热闹闹，
但新娘因离家而哭泣，
她等待她的新郎，
新郎已经到了地头，
喜庆灯笼光芒四射。

噢，这里我要加上这个：（唱）

第路利，第路利，第路利路，利路利！

欢声顿时响起，
婚典大厅喜气洋洋。
新娘不再哭泣，
一切往事置之脑后，
金色头冠闪闪发光。
第路利，第路利，
第路利路，利路利！

幸福之年稍纵即逝。

如今新娘为孩子歌唱，

给孩子讲故事，

哪里是远方的幸福谷，

哪里就有巍巍群山。

第路利，第路利，

第路利路，利路利！

……

玛 尔 塔 （从边门上）你这个蠢货，你还不想住嘴吗？我又要你尝尝我的木棒的滋味！趁着天没下雨，快修缮房屋门窗吧！你这个傻帽儿，你想像雄鸡那样啼叫吗？（织袜子）

埃 斯 科 （独白）此时此刻，我像个熊熊燃烧的石蜡球那样浑身充满了激情，这是柯丽达和即将来临的婚礼所引起的。——柯丽达！当我想到我马上就要跟你在一起，我的脑袋就发昏，周围的东西好像在旋转，换句话说，我变成了你，你变成了我，总而言之，埃斯科就是柯丽达，柯丽达就是埃斯科。让大家叫我们埃斯科·柯丽达或者柯丽达·埃斯科吧！好，柯丽达，我向你发誓，海枯石烂，此心不移。那个可恶的魔鬼，上帝审判日之前，它一直在我们周围东嗅西闻，如果它把我带入陷阱，让我蒙着眼睛亲吻另一个女人，柯丽达，你就

可以狠狠地打我的耳光，你可以狠狠地打，打得我嘴里的牙齿咯咯作响。让雷电霹死这个违背自愿做出的神圣誓言的家伙吧！一言为定！（图比亚斯和赛贝乌斯上）

图比亚斯　（为赛贝乌斯开门）请进，领唱人！

赛贝乌斯　你好，孩子！

埃 斯 科　欢迎，领唱人！此时此刻，这里有件重要的急事需要您的帮助，这样一切就会得到合法的处理。年轻人——愿上帝保佑我们年轻人——都喜欢寻欢作乐，现在我也要开始寻欢作乐啦，我还打算给米科·维尔加斯准备一件新的衬衣 *。

图比亚斯　你瞧，这孩子就是这样拐弯抹角地宣布他的意图！嘻！嘻！嘻！不过领唱人一开始就知道这件事，他是知道的。

埃 斯 科　情况就是这样，领唱人，你看见了吗？

赛贝乌斯　我知道这件事，我是从你父亲那里得知的。好吧，我知道这件事，我还认真考虑了一下，如何让你父亲来办理结婚许可证 **。

埃 斯 科　这就是主要的目的，让一切都得到合法的处理。

赛贝乌斯　我懂。我来写正文，你父亲在证上画上他的记号，然后经过证人确认。

---

*　一般情况下媒人可得到一件新衬衣作为酬劳。

**　埃斯科还不到 21 岁成年的年龄，所以他要提前结婚就必须要有结婚许可证。

埃 斯 科　他在证上画上他的记号，我也要在证上画上我的记号。

赛贝乌斯　证书上不需要你的记号。

埃 斯 科　根据我的笨脑袋的理解，为了合法起见，证书上应该有我的记号。

赛贝乌斯　孩子，难道你想跟老人顶嘴吗？

图比亚斯　埃斯科！

埃 斯 科　我不想跟老人顶嘴，但是我不明白，为什么结婚证上不需要我亲手画上我的记号。这件事一开始就跟我有关，这是我的事，因此我的名字也应该出现在申请书上。

赛贝乌斯　你的名字显然应该出现在证书上，但是在正文中，证书下方是你父亲的名字和记号，旁边是证人的名字，最下面是"领唱人赛贝乌斯"。

图比亚斯　你现在也许理解了吧！

赛贝乌斯　书面上应该这样办。噢，我们请谁做证人呢？

图比亚斯　米科·维尔加斯是最合适的人选。他是埃斯科的媒人，同时将陪着他去参加婚礼。根据商定，他现在应该来了，而且是整装待发。埃斯科，快去问他一下。

赛贝乌斯　赶快行动，孩子。

埃 斯 科　我马上就去，现在可没有时间再犹豫了。（埃斯科下）

赛贝乌斯　昨天你去教堂了没有？

图比亚斯　没有，愿上帝宽恕我！

赛贝乌斯　遗憾，遗憾，太遗憾了。昨天库盖莱村尤霍在教堂里讲道，他讲得很精彩，大家都流下了眼泪。

图比亚斯 库盖莱村尤霍！你瞧，富人的孩子长大成人了，但是穷人的孩子怎么样呢？——噢，尤霍说了些什么？他很小的时候我就认识了，我觉得他总有点儿笨拙，但是他现在是师傅了。

赛贝乌斯 还是个中学生，中学生，但是这个孩子身上还是有灵气的。如果你看见他坐在教堂讲坛上布道的话，我保证，他会让你的肾脏都颤抖。的确，开始的时候，他的鼻子有点儿苍白，声音有点儿抖动。然而，这个孩子很快就进入了角色。现在他是摇头晃脑，慷慨陈词，并且大声喊道："沉睡的人们，醒醒吧！"他把布道分成两个部分，第一部分是地狱的苦难，第二部分是天堂的欢乐。——啊，这个孩子真了不起！他是一边激情满怀地讲道，一边用手抹泪擦汗，他好像变成了上帝的天使。最后，你会看到他大声疾呼所产生的影响：坐在教堂里的女人们感动万分，她们突然唏唏嘘嘘地哭了起来，我们知道布道打动人心时就会出现这样的情况。

图比亚斯 男人们怎么样？

赛贝乌斯 他们很长时间像树桩那样直挺挺坐着不动。

图比亚斯 我想是这样。我们这里太太们都很幸福。她们有颗柔顺的心，所以她们是最后才拯救自己的灵魂。我可以肯定地说，地狱深处的男人一定会比女人多一倍。领唱人，你相信吗？

赛贝乌斯 遗憾得很，我不得不相信，因为日常发生的事例证明

你说的话是对的。我们也可以从这个事例看出：星期六晚上来到教堂聆听我们这位年轻人——他是一位真正觉醒的男人——听传道讲课的女人要比男人多好几倍。成群结队的女人们乐呵呵地走向教堂，但你几乎看不到有男人在跋涉前往教堂。他们都是一伙麻木不仁的人，真是太麻木了。然而，俗话说，在紧要关头，连公畜也得产子。现在尤霍布道的时候就出现了这样的情况。他说的话使女人哭了很长时间以后才触动了男人。他朝他们恶狠狠地看了几眼，并且大声地喊道："你们有朝一日是要为这次讲道付出沉重代价的！"几个老头的下巴颤抖起来，有人头上的硬发也来回摇晃起来。当他讲到第二部分的时候，天空中开始出现乌云，就像在森林里那样，可以听到教堂上空隆隆作响，顷刻雷鸣电闪，还下起了冰雹。此时，没有一只眼睛是干的。昨天教堂里的讲道就是这样的精彩，而你，图比亚斯，却没有尝到这种滋味。

图比亚斯 也许是这个魔鬼，这个诡计多端的老家伙，它不让我参加昨天的讲道。愿上帝保佑这个孩子，有朝一日他也许能把世界翻个身。——关于埃斯科婚事通告他宣读得怎么样？

赛贝乌斯 说真的，他花了很大的劲儿才把它译成芬兰语，对初出茅庐的人来说，这也并不奇怪。不过，在这样的困境中，如果没有我的帮助，那就不知道会是怎么样了。

图比亚斯 埃斯科婚事通告他到底宣读得怎么样？

赛贝乌斯 还可以。噢，你要让你儿子出门迎亲，不过，我想问你，你对你的未来的媳妇的脾性有什么确切的了解吗？请记住，娶个爱吵架的老婆还不如住在漏雨的房子里。

图比亚斯 据说她是个纯洁的姑娘。她是加利村的柯丽达。她是个既纯洁又高品位的姑娘，但是，谁想到事情会发展到这样的地步！此事起先只有苍蝇那么大，而现在已经变成公牛那么大了。事情是这样发生的：春天的一天，埃斯科跟米科·维尔加斯一起访问算命先生的时候，他遇见了这位姑娘，因为他们住在同一个旅店里，大家都在等算命先生回家。这个时候米科发现埃斯科和姑娘之间有点儿眉来眼去。他觉得这里头有戏，就大胆地把这件事抓住不放，他充当起他们的媒人来了，而且事情办得特别顺利。

赛贝乌斯 一切都建立在这个基础上，对吗？

图比亚斯 不，不是。到了夏天，仲夏节后两个星期，我和加利之间才把此事真正确定了下来。这是发生在中途酒店里，当时我们正好进城时碰在一起了。为了此事，我们俩又是握手又是干杯，那天我们兴致特别高，第二天仍然余兴未尽。嘻！嘻！嘻！

赛贝乌斯 结婚证里，提到这位姑娘时我是写加利的女佣还是加利的养女？

图比亚斯 在家里，她是按养女的身份受到照顾的，没有听说她没有陪嫁，相反，听说她住的外屋的闺房里还能找到一两件这样的衣服。按照商定，婚后一两个星期，所

有东西都会运到这里。——今天埃斯科和米科从这里出发，明天他们就肯定到达新娘的家，还来得及在星期日宣读婚事通告，因为这是第一次宣读。从通告的宣读到婚礼日这段时间里，米科在他的亲戚家住，埃斯科住在新娘家，同时还可以干点鞋匠的活儿，我想他一定会过得很愉快的。

赛贝乌斯 《圣经》中说，耶科比在等待拉盖莉姑娘时生活得很愉快。——不过，对不起，鞋匠，我习惯实话实说，我觉得此事不是凭你想的怎么样，而是要看实际的情况怎么样。——我知道，据说有一份特别的遗嘱迫使你的儿子埃斯科和你的养女雅娜火速结婚，因为遗嘱规定，谁先结婚，谁就能获得 500 克朗的遗产。现在看来，你的儿子要走好运了，不过，请注意，图比亚斯，埃斯科是个男子汉，他有父亲、母亲、家和职业，他的将来在一定程度上是有保障的，而雅娜却是个孤儿，无援无助，对她来说，"这里是沼译，那里是浅滩，哪里都没有干燥的地方"。另外，还请注意，她的年龄比埃斯科大。我就说到这里为止。你明白我的意图，对吗？

图比亚斯 是的，我完全明白你的意图。但是，领唱人，在这个世界上，人人都为日常的面包而祈祷。我们是住在荒地上，干燥的荒地上，手里还拿着缝鞋的铁针，但是这有什么用呢？当今鞋匠多如牛毛，争长竞短，你死我活。尽管我们还在丛林里树桩旁忙忙碌碌，要是我

在农田边没有那块土豆地，沼泽边没有那两块牧草地，我就无法养活我的奶牛，那么饥饿早就降临到我们头上。而现在我在我的杯子里还可以喝到牛奶，有时候我的面包片上还可以涂上黄油。啊，领唱人，在偏远地区，穷人拼死拼活也只能勉强糊口。

赛贝乌斯 贫穷当然不是罪恶，也不是耻辱，但它毕竟是沉重的负担，富人们应感谢他们自己的运气。因此，鞋匠，我不揣冒昧地对你说几句话，责备你对我主忘恩负义，行吗？因为你也许应该算是富人，而不是穷人。我知道，你从来也不缺面包，你有马，有奶牛，每年秋天，你总有牛犊和猪崽可宰，而你却把自己看作是穷人。

图比亚斯 嘻！嘻！嘻！不应该责人贫穷，不应该责人贫穷，说真的，我是从来也不缺面包，而且钱袋里还总能找到一二块银币。我要感谢上帝给我这一切。

赛贝乌斯 这样说来，作为一个富人，你也许能代表你自己把刚才提到的遗产献给这个可怜的姑娘，对吗？你应该这样做，不应该不公正地把它据为己有。

图比亚斯 这是玛尔塔的事，因为有些事情我完全让她来办，通过她认为是最好的办法来处理，而其中之一就是这件事。在这种情况下，我对这样的事情视而不见，听而不闻。

赛贝乌斯 在证书中，你是姑娘的监护人，不是你的妻子玛尔塔，不是吗？

图比亚斯 一切都是她说了算，我必须按照她的意愿办事，这有

什么办法呢！另外，谁会说我是不公正地把这笔遗产据为己有呢？我同意我的儿子结婚，因为他谦逊地恳求我。如果埃斯科在雅娜前头结婚，那么遗嘱明确规定这笔遗产就是他的了。我再问你一下，这是不公正吗？

赛贝乌斯 如果你的养女在你儿子前头结婚，你不去毫无原因地阻拦，那么人家是不会这样说的。对不起，我听说木匠克里斯多爱上了这个姑娘，而她也愿意嫁给他，但是你却千方百计阻挠这桩婚事。

图比亚斯 是的，没错，但是我是为了雅娜而竭力反对这桩婚事的，因为木匠是个诡计多端的骗子、小流氓，如果他把雅娜骗到手，那么我可以预言姑娘将会受苦的。领唱人，请您相信我吧，木匠是我们教区里最大的无赖！请您听听几个他耍弄的诡计吧，领唱人！比如说，他坐在作坊里，把烟斗给您，您就抽了起来，抽了一会儿，突然，您的鼻子前面噼里啪啦响了起来，您的周围冒出了一阵烟雾。如果您只是脸部受点儿伤，眉毛烧掉一些，那么您还算是幸运的。马拉麦基村玛依娅在教堂讲习班上只是稍微揭了一下他的老底，您看他是怎么对待她的？他把一个小布袋扔进了玛依娅的牲畜栏里，布袋里有盐块、麦芽、一只黄铜戒指和三个马牙。他自己当然知道这些东西不会有什么影响，但是他也了解玛依娅所信奉的迷信。您看，玛依娅干了些什么？她手里拿着这个

魔袋心急火燎地去了牧师府，该死的克里斯多，您看，克里斯多就是这样的一个人。

赛贝乌斯　严肃、认真是生命的支柱，我不喜欢轻浮的恶作剧，但我们也不能就凭这些东西来判断一个人的好坏。

图比亚斯　但我对他是一清二楚。我不会把我的养女嫁给他的，除非法律强迫我这样做。如果是这样的话，那么雅娜是自作自受，因为我已经尽力而为了。可是，现在雅娜的情况是这样，而我的儿子却强烈地希望结婚，我无法阻止他步入婚姻的殿堂。

赛贝乌斯　在你儿子满 21 岁之前，你想这样做是可以这样做的。

图比亚斯　这件事归玛尔塔，我必须听从她的，那有什么办法呢！我们用合法的手段来维护我们的利益，别人不应该责怪我们，别人不应该责怪我们。让雅娜自己责怪自己吧，因为是她自己不接受埃斯科，也不接受我和玛尔塔的想法。我们的想法是：把她招进来当媳妇，天晓得，下士的遗嘱是不是就是这个意思。他是个难以捉摸的人，很忧郁，经常发脾气。他常常写点儿小诗，觉得自己在人世是个最不幸福的人。然而他很喜欢埃斯科和雅娜，那时候，他们俩还都是小不点儿。他对埃斯科那双严肃的、圆圆的眼睛和白色的硬发感到惊异，他说他喜欢雅娜温和而睿智的观点，他在诗里还谈到这些东西。——年轻的时候他上过学，但时间并不长。嗨，你知道发生什么了？在他死前几周，他决定让他们继承遗产，但是有个很特别的条件。"根据

规定，他们俩，谁先结婚谁就得到 500 克朗的遗产。"

他耍了这样一个花招，很显然，他在这里想别出心裁，因为不管做什么，他总是想一鸣惊人。于是，下士就写下了这样的遗嘱。如果这两个年轻人结合在一起，还有比这个更好的结果吗？埃斯科方面，他已经尽力而为了，但是雅娜总是转过身子对着他。所以，埃斯科结婚后，我就会堂堂正正地到律师家去取按法律应该归我们的这笔钱。

赛贝乌斯 好吧，你认为怎么干最好你就怎么干。我已经把话都说完了，按我的习惯，我是当着你的面说的。对不起，鞋匠图比亚斯，对不起！

图比亚斯 行，就这样吧！

赛贝乌斯 我现在开始保持沉默，我马上就行动起来。(从口袋里拿出笔和纸等文具，把它们放在桌子上)

图比亚斯 领唱人先生，让我趁机再说一句话行吗？

赛贝乌斯 洗耳恭听。

图比亚斯 喝上一小口也许能让您的思绪处于极佳的状态。您是知道的，第哈拉家的皮丽特就住在离我们不过几百步的地方。

赛贝乌斯 图比亚斯，可怜的人类啊，我们也许已经永远步入了歧途，但是上帝还是创造了面包给我们吃，创造了水给我们喝。

图比亚斯 人类是个迷途羔羊，不过，领唱人，一小口酒不会有什么问题，相反，它可以给我们新的力量。

赛贝乌斯 新的力量？这样说，目光太短浅啦！新的力量！——不过，我也用不着大惊小怪，因为别人也是这样说的，大家都忘了，在我们身体里、血液里，每滴酒都要消耗我们的生命力，而这样的消耗是无法弥补的。我们应该永远记住：在母亲的子宫里，每个人就已经得到了一定量的生命力，我们年龄的长短就是按照这样的消耗决定的，什么时候消耗殆尽，什么时候生命之线就断掉。这是我在自然界观察到的真理，而且在书本上得到了印证。请记住这一点，同时尽量不要酗酒。

图比亚斯 如果我们能够按照上帝的教导生活那有多好啊！但是我们是这样做吗？人就是不听话，很固执，也很愚蠢。人愚蠢因为他们不懂什么东西对人是有好处的。噢，领唱人，人愚蠢得很厉害，而且是众所周知的。因此，我们必须向榜样学习。噢，埃斯科和米科已经来了。(埃斯科和米科·维尔加斯上)

赛贝乌斯 他们不用等太久。(坐下来开始写东西)

图比亚斯 瞧，米科，你好！两个雄姿英发的孩子，他们就要出门迎亲啦！

米　　科 我们马上就要出发了。

图比亚斯 马上就出发，米科，马上就出发。两个雄姿英发的孩子，即使遇到一帮饥饿的强盗，他们也无所畏惧。

埃斯科 父亲，我永远是天不怕，地不怕。

图比亚斯 我知道。——不过，我想提醒你们注意。正如你们所

知道的，不久前教堂发布了缉拿一个盗贼的通告，这家伙从外国伯爵身上盗窃了好几千大洋。你们想一想，如果你们在路上碰到了他，你们就应该把这家伙一把抓住，这样你们就能得到一笔赏金。谁抓住这个盗贼就可以得到多少钱，你们知道吗？

米　科　700 克朗。

图比亚斯　700 克朗！我对你们说，谁经过你们，你们都得睁大眼睛仔细观察。记住这个家伙的相貌！正如通告所说的，他有一头短发，八字胡子，靠近左鼻孔有个黑痣。住在跟埃斯科新娘同一个村的算命先生，你们可以到他那里打听一下。如果你们能碰到这个盗贼——当然，这会是太巧了——那么，我知道，你们两个人一起就会收拾他的。

埃斯科　我一个人就能把他抓住，像把孩子捆在襁褓里那样把他牢牢捆住。难道你们认为我会怕这样的一个人吗？米科，摸一摸我的胳膊，摸一摸我的大腿，摸一摸我的膝盖！

米　科　（按埃斯科所说的，一一摸了一下）哎呀！

埃斯科　啊，米科！在这个膝盖上，上面不放任何东西，我可以用铁锤敲打牛皮。你信不信？

米　科　我相信你是一个壮实的小伙子。

图比亚斯　壮实，的确很壮实，我很清楚。

埃斯科　米科，看看我的脸庞！你一定知道，我的喉咙连一滴酒都还没有尝过。我从来也没有去过酒馆，没有在夜

间闹过鬼，也没有敲过外屋闺房的门*，我不像其他人那样，当然，他们是属于审判日最终要站在上帝左边的那帮人，他们是属于山羊那一伙。**

图比亚斯　说得对，埃斯科，说得对！我保证。

米　科　埃斯科，我觉得你不久前还相信孩子是从桑拿屋的地板下钻出来的。

埃　斯　科　是的，我是这样认为的。

米　科　你现在是不是真的知道人是怎么来到人间的？

埃　斯　科　来到这个罪恶的人间。是的，我知道了。——我在教区里到处修鞋，你听见人家是怎么说的？

米　科　大家都说好。

埃　斯　科　我不偷不抢。

图比亚斯　这是毫无疑问的，绝对不成问题的。

埃　斯　科　我不偷不抢。天哪！我不偷也不抢。

赛贝乌斯　轻点儿！

图比亚斯　嘘——孩子们！领唱人在写东西。

埃　斯　科　我不偷也不抢。

赛贝乌斯　图比亚斯！

图比亚斯　要不要画上我的记号？

赛贝乌斯　你画在这儿。（图比亚斯把他的记号画在证书上）

米　科　（独白）这次出门迎亲最终会怎么样，我不知道，不

---

*　过去的农村里，成年后的女孩子一般都住在外屋的阁楼里。

**　根据《圣经》，上帝在最终审判日时让绵羊（好人）站在他的右边，让山羊（坏人）站在他的左边。

过，从姑娘和农庄主这方面来看，整个儿这件事纯粹
是个玩笑，也许埃斯科认为这是真的，这一点我可以
肯定。——但是，不管怎么样，我将陪伴着新郎，照
看他的盘费。

赛贝乌斯 这样行。

图比亚斯 我只画了一个山羊蹄而已，不过现在该让别人画上他
的记号了。

赛贝乌斯 没错！

图比亚斯 是啊，就得这样！法律是多么严格啊！谁——谁叫你
乱用别人的记号啦？虽然这只是个记号，比如说这样
的山羊蹄，但是它的意义重大。

赛贝乌斯 米科·维尔加斯！

图比亚斯 米科，画上你的记号。你证明我是把结婚许可证给了
我的儿子。

米　　科 我证明。如果需要的话，我可以发誓。(画上他的记号)

埃　斯　科 (独白)这里也应该画上我的记号。

赛贝乌斯 结婚证就这样办妥了。(对着图比亚斯)我把证书交
给你，你愿意给谁就可以给谁，这是你的权利，从现
在开始，这件事跟我无关了。

图比亚斯 我把证书交给埃斯科。(把证书交给埃斯科)

埃　斯　科 我是照我自己的意愿走出这一步的，领唱人应该把这
一点写在证书里。

赛贝乌斯 我该写的我都写了。

图比亚斯 一切都很顺利，除了你们的干粮外，别的什么都不缺，

干粮也很快就准备好了——你们要步行前往，这不能怪我。不过，我可以肯定，你们回来的时候一定是很风光。他们一定会给你们一匹马，让你们从新娘家一直骑到这里。

米　科　我想他们会让我们舒舒服服地坐着马车回来的。

图比亚斯　毫无疑问，米科。当你们回来时，你们一定要热热闹闹，新娘的头巾应该像战旗那样随风飘扬，这样看起来就很有气派。

米　科　我们要风驰电掣般地离开那里，不让任何人注意到新婚夫妇的行踪。

图比亚斯　说得好，我的孩子。（埃斯科坐到桌子旁，准备在结婚证上画上他的记号。）埃斯科，你在干什么？

埃斯科　结婚证上应该有我的记号。

图比亚斯　埃斯科，你疯了！（从他手上把证书拿了过来）

赛贝乌斯　真是厚颜无耻！

图比亚斯　你这个坏蛋！这是聪明人干的事吗？你这个蠢驴！

埃斯科　要是你不是我的父亲，我就会揍你，我就会打你的耳光，但是你是我的父亲，所以我绝对不想这样做。

赛贝乌斯　无法无天！

图比亚斯　埃斯科，让我对你说，你注意，不要让我揍你。这是我说的。

埃斯科　揍我？！——我心中的怒火越烧越旺。（拿起一把椅子，并且砸向地板。）我这个人什么都不在乎了。（走了出去）

图比亚斯　啊，天哪！这个孩子——

赛贝乌斯　倔头倔脑，不知羞耻。

图比亚斯　跟孩子打交道真够呛！没有孩子的人是体会不到的。
　　　　　您还是个光棍儿，领唱人，您该感谢上帝。

赛贝乌斯　如果我有孩子，我会是一个很严厉的父亲，这样看来，
　　　　　对我来说，我现在这样是最好的了。

图比亚斯　我也是一个脾气暴躁的父亲。但是现在这种情况，发
　　　　　脾气有什么用呢？让小啄木鸟飞上树，这是天性。树
　　　　　林里所有的树木都是同一智者（上帝）的手笔，难道
　　　　　一棵树会是直的，而另一棵树会是弯的？

赛贝乌斯　这很大程度上取决于这棵树的树苗是不是长弯了。

图比亚斯　说得对，说得好！领唱人，在这个世界上，情况就是
　　　　　像我说的那样。每个没有孩子的人应该替我们烦闷，
　　　　　尊敬我们这些做父母的人。可是有多少人是这样想
　　　　　的？（埃斯科上）哎呀！你还敢回来？

埃 斯 科　（独白）我还想继续发泄我的怒火，但是这可是一个
　　　　　重要的时刻。

米　　科　（专门对着埃斯科）和解吧，埃斯科！

埃 斯 科　我正在强压怒火。（对着图比亚斯）这次是我不好，
　　　　　请父亲原谅我吧！

图比亚斯　你这是发自内心深处吗？

埃 斯 科　是的，我是真心诚意的。

图比亚斯　我不是一个记恨在心的人，我并不像头戴枷锁的公牛
　　　　　那样愚笨。不过，你也得请求领唱人原谅你。

埃斯科	领唱人，请您原谅我，请您不要记恨在心，请您不要像头戴枷锁的公牛那样愚笨！这样的做法在这个世界上是行不通的。最宝贵的东西是和解和友情。（深深地叹了一口气）哈——
图比亚斯	他说得很有道理，领唱人，现在你觉得他怎么样？
赛贝乌斯	我不恨他，一点儿也不恨他，但是我对他脾性的看法是坚定不移的。
图比亚斯	是呀，是呀！刚才的事现在都已忘掉了，刚才的事不要再提了，现在我们重归于好。为什么父亲和儿子要像仇人那样分手呢？这是离别的时刻。埃斯科将要丢下他的父亲和母亲去跟他的妻子团圆。现在当着客人的面，我想问你一下。在你看上柯丽达之前，你是怎么看雅娜的？
埃斯科	我会娶她的，但她就是嘲笑我，她说我是头蠢驴。
图比亚斯	是呀，是呀！我知道，许多嘲笑者都说你倔头倔脑，是头蠢驴。但这是他们一时的气话，而你的生活是洁白无瑕。你有很正常的、健康的理智，这一点我可以保证。考考他吧，领唱人，当我们的面，出些难题考考他吧！
赛贝乌斯	我该问他什么呢？
图比亚斯	比如说，婚姻和婚姻的目的。
赛贝乌斯	回答我的问题，孩子，婚姻的目的是什么？
埃斯科	婚姻有很多目的。
赛贝乌斯	主要的目的？

米　　科　（专门对着埃斯科）丈夫是妻子的脑袋。

埃 斯 科　丈夫是妻子的脑袋。

赛贝乌斯　它的神圣的目的？

米　　科　（专门对着埃斯科）游戏，音乐和点亮了的草灯＊。

埃 斯 科　游戏，音乐和挂在围栏上的草灯。

赛贝乌斯　孩子！仔细考虑着讲！

图比亚斯　埃斯科！

埃 斯 科　（自言自语同时向米科投了个怀疑的眼光）他在骗我，
　　　　　或者他这个人就是一头蠢驴。（离他远了一些）

图比亚斯　问问他关于创世纪，亚伯拉罕和以赛亚＊＊的事情。

赛贝乌斯　我问你，世界是怎么创造出来的？

埃 斯 科　正如隔壁汉奴斯老头所说，世界是由一块陶片创造出
　　　　　来的，不是凭空创造出来的。

赛贝乌斯　那么这块陶片是从哪里创造出来的？

埃 斯 科　噢，噢，问得太深了！目前也许没有一个人能回答这
　　　　　个问题，尽管大家读书读得跟神父和印书匠一样认真。
　　　　　这是一个超自然的问题，上帝保佑，人是瞎子。

图比亚斯　人是瞎子，是瞎子！（玛尔塔从左边上，手里拿着一
　　　　　个挎肩褡裢，褡裢两端都已装得满满的）这是你们的
　　　　　干粮，孩子们，现在该上路啦！

＊　这是芬兰过去的风俗习惯，举行婚礼或者宴请时一般要在围栏上挂起点亮了
　　的草灯，以增加欢庆的气氛。

＊＊　根据《圣经》故事，亚伯拉罕（Abraham）是犹太人的始祖。以赛亚（Isaiah）
　　是希伯来的大预言家。

埃 斯 科　我来背褡裢。（从玛尔塔手里把褡裢拿了过来，并且把它放在肩膀上）

玛 尔 塔　给你们 12 克朗，这是你们的旅费和结婚费用（对着埃斯科）你这个乡巴佬，钱币你认识不认识？

图比亚斯　他还没有这方面的经验。用钱的问题由米科来处理。

埃 斯 科　钱由米科来管，我背褡裢。

玛 尔 塔　给你，米科！注意，不要挥霍一空。（把钱交给米科）

米　　科　不得不花钱的地方我才花（依法利上）

埃 斯 科　（自言自语）呃，依法利夜游回来了。

玛 尔 塔　（拿起挂在墙上的木棒）你这个野猫子，你又在哪里闲逛了？谁允许你的？你去过什么地方了？

依 法 利　我没有干什么坏事，母亲。我只是去佃农家看了看小狗崽。因为他们家的萨乌那（桑拿浴）烧热了，所以我就留下来洗了个澡，并且在他们家过了夜。

玛 尔 塔　是啊，你又是看狗又是洗澡，我可饶不了你。（准备揍他）

图比亚斯　（把她挡住）玛尔塔，再原谅他一次吧。他答应改过自新。你是不是答应过了？

依 法 利　我答应。

玛 尔 塔　他的许诺！他是我们家的扫帚星。他到处捣乱，给我们带来了耻辱和灾难。

埃 斯 科　也许他真的是去佃农家看小狗了。

依 法 利　是的，正如我说的那样。（独白）该死的，烈酒在我的脑袋里作祟。安第家真热闹，特别是在外屋的闺房

里。

埃 斯 科 也许他真的在那里洗了澡，这样做很合适。

依 法 利 是啊，萨乌那的蒸汽还特别热，尽管我感到有点儿头晕。

玛 尔 塔 这是烈酒造成的。你这个坏蛋，为什么在我面前说谎？好吧，让我来揍你一顿。

图比亚斯 玛尔塔！别忘了，领唱人在我们家。

赛贝乌斯 我的在场不应该阻止玛尔塔合理地惩罚这个孩子，如果来得及时，这种惩罚对他是会有好处的，也许还会结出美丽的果实。

依 法 利 领唱人希望在我的背脊上看到美丽的、颜色丰富的花朵，不过，老奶奶，请您再一次手下留情，饶了我的肩膀吧。我一定竭尽全力，改过自新。

埃 斯 科 是啊，米科，你有什么说的？

米 科 我为依法利祈祷。

埃 斯 科 我也为依法利祈祷。现在这个时刻不能再产生任何问题，因为这是我的告别的时刻。

玛 尔 塔 那么快上路吧！不要再磨磨蹭蹭啦！

米 科 现在让我们出发吧！

图比亚斯 三个星期后的星期二，我们将等待你们回来。我们将在这里举行一个小型活动欢迎你们。在裁缝安德累斯吹奏的黑簧管的伴奏下，我们将翩翩起舞。如果我们的堂屋里活动空间不够大的话，那么草场上有的是空间。——我们也希望领唱人到时能光临。

赛贝乌斯　谢谢。

图比亚斯　让依法利进城去买庆祝活动所需的东西。但是，依法利，你得好好干，让大家看到你仍然是一个勤奋的人。

依 法 利　我一定全力以赴。

图比亚斯　好啦，万事大吉！孩子们，出发吧！

埃 斯 科　临别之际，请允许我给你们朗诵几段下士写的短诗。

玛 尔 塔　不许长篇大论，你该马上出发啦！

图比亚斯　让我们听他朗诵，玛尔塔，让我们听他朗诵！这是下士编写的诗篇，我们应该仔细聆听来悼念他的恩情。——来吧，埃斯科，朗诵一首爱情诗，好吗？

埃 斯 科　这是一首作战前唱的军歌：

军号嗒嗒响，

胸中热血流，

队长下战令，

拼死上战场。

仇恨满胸怀，

冲向铁皮车——

铁皮车就是那些炮车——领唱人，上星期俄国佬在教堂前开过去的铁皮车，你看见了吗？轰隆轰隆，真是响得可怕！

玛 尔 塔　住嘴！我说，你们快走吧！

米 　 科　好啊，现在就走吧，埃斯科！

图比亚斯　愿上帝保佑你们！

埃　斯　科　让我们风风火火地走吧。——需要的东西是不是全都带上了？有没有丢下东西？

玛　尔　塔　没有。现在赶快离开这儿，把雅娜叫回来，她不用在土豆地里磨磨蹭蹭了。

埃　斯　科　是，我叫她回来。——雅娜说我是蠢货。——该拿的我是不是都拿了？

图比亚斯　都拿了，埃斯科，都拿了。再见，我的孩子！

埃　斯　科　好吧，再见！多多保重！（米科和埃斯科下）

第 二 幕

　　　　（加利家宽敞的厅堂，参加婚礼的客人，有男的
也有女的。雅谷和柯丽达的婚礼正在进行中。幕布升
起时，戴姆在拉小提琴，众人正在跳波尔卡舞。厅堂
的大门敞开着跳舞时，在前廊可以看到埃斯科，他背
着褡裢，另外还有米科·维尔加斯）

加　　利　（停止跳舞）大家听我说！年轻人，你们尽情欢乐吧，
　　　　长辈们，欣赏年轻人的快乐吧，如果你们想跳舞的话，
　　　　好啊，就请你们一起跳吧。今天这个八月的艳阳天是
　　　　雅谷和柯丽达大喜的日子。（外面传来一二响礼枪声）
　　　　孩子们，放枪吧！不过，放得轻一些。不，不行！尽
　　　　情地放吧，越响越好，响得让房屋晃动，让心突突地
　　　　跳动！姑娘们，一定要让室外的小伙子们有足够的啤
　　　　酒。（有一个女子走向右边）好啊，雅谷，你觉得今
　　　　天怎么样？

雅　　谷　今天是我们大喜的日子，东家，我感到特别高兴。

加　　利　你还是那样稳重。不过我知道你的脾性。在这个粗糙
　　　　的表层下面深藏着与众不同的东西。但我要对你说的

是，你有理由感到高兴，因为你娶了一个可爱的妻子。

雅　谷　我希望如此——

加　利　是的，可爱的妻子！——柯丽达，你过来。好啊，我
　　　　的姑娘，你成了妻子，觉得怎么样？

柯丽达　还不错。

加　利　从今以后都会是这样，因为现在事情已经搞定，你们
　　　　是水乳交融，密不可分。你们要记住：这样的纽带是
　　　　不能割断的，这很奇妙，但有点儿可怕。然而，珍惜
　　　　这种结合的人，我才会把她看成是我的终身伴侣，因
　　　　为只有死亡才能把她与我分离，即使是死亡之后，这
　　　　种结合还在延续。我的丽莎去世了，她死得很早，而
　　　　对她的怀念就是我的秘密的快乐，别人我是不会看上
　　　　的。——噢，今天是喜庆的日子，让我们把一切伤心
　　　　事置之脑后吧！可是，就在这个庆典上，柯丽达要离
　　　　开我们了，我们会长久想念你的。

柯丽达　我也是依依不舍，我不忍离开你们的乖孩子。

加　利　你像他们的母亲那样看待他们，照顾他们。

柯丽达　我把这个家当成我自己的家。

加　利　你像我的亲生女儿那样为这个家操劳。为了这一切我
　　　　要酬劳你的。——雅谷，我知道你并不满足于你现在
　　　　干的这种虫咬式的手工活儿，你是想伐树造地，对吗？

雅　谷　是的，我并不十分喜欢我现在干的工作，这是我孩提

---

* 树桩是木鞋匠制作木鞋的原料。

时父母决定的。您是知道的，这种工作赚钱不多。

加　利　因此，让树桩*见鬼去吧，拿起你的锄头和斧子吧！我把库第山丘后面的地全都给你耕种。给自己盖一座木屋，直到你们死去之前都不用交税。你可以从我的牛栏里把母牛加尼基拉走，从我的马厩里把一匹两岁小马牵走。你们开始创业的时候，只要时间允许，我会用马匹和人力来帮助你们。

雅　谷　您的承诺太好了！

加　利　这是在你们的婚礼日我许下的诺言。

雅　谷　对我们来说，今天是双喜临门。

柯丽达　东家，我们无论怎样感谢您都不够啊！

加　利　我只是偿还我所欠的债罢了。不过，真的有一件事我要求雅谷能够做到：爱你的柯丽达吧，正如我说的，她是一个可爱的姑娘，但也是一个调皮鬼，这点我也看见了，因为她把鞋匠的儿子作弄得晕头转向，而他也许还以为是真的呐。不过，我觉得他最终会明白这一切只是一场儿戏罢了。（此时此刻，啤酒桶正在客人中间传递）喝啤酒，雅谷！噢，戴姆，拉起你的小提琴吧！

戴　姆　遵命！戴姆是不会让小提琴闲着的。不过，新郎新娘、东家，我想对你们说一件事。听我说，所有的宾客们！事情是这样的：我的父亲——他就住在这个村子另一端的小木屋里，我也住在那里——我要说的是，我父亲反对一切流行音乐，无论是什么样的场合，他绝对

不准我拉小提琴。他连我有小提琴都不知道，我是把小提琴藏在邻居加莱家五斗橱的抽屉里。好，回到正题上来吧！如果我在这个婚礼上拉小提琴的消息传到他的耳朵里，那我就要倒霉啦。他会马上把我的花衬衣脱掉，狠狠地揍我一顿。如果你们能看见我挨揍后的样子，你们会以为我是一匹被吉卜赛人打了气的马*呢！他就是这样的一个老头子。所以，我要提醒你们，决不要告诉他我在婚礼上担任吹鼓手。如果他遇到你们中间任何一个人，并且问你们："谁是婚礼中的吹鼓手？"你们就应回答说，这个人你们不认识，或者他是某某人，但必须小心谨慎，不要自相矛盾。我要向大家说的就是这件事。

加　利　请放心，戴姆，现在请你重新奏起波尔卡舞曲吧！

戴　姆　我一定不会让我的小提琴闲着的。（拉起小提琴）

某女子　东家，厨师说饭菜要上桌啦。

加　利　我们就按他说的做吧。好啊，让我们先吃饭，然后再跳舞。（戴姆停止拉琴）把桌子摆好。（摆好桌子）噢，我看见前廊里有人，是谁啊？让他们进来！（一个女子走了出去）谁经过新房，谁都得喝足酒后才能走，这是这里的旧习俗。（米科和埃斯科上）春风满面的投宿者，请进，请进！

埃斯科　宾客们，你们尽情欢乐吧！

---

*　据说，过去吉卜赛人在集市上出售马匹时常常弄虚作假，为了让瘦马看起来肥壮，他们往往在马的胸部挖一个洞，用管子把空气吹到马革下面。

加　利　你们好！

米　科　请您原谅！

埃斯科　我们不想打扰你们的庆典。我们不知道这里在举行婚礼。

加　利　没有什么原谅不原谅，也没有什么方便不方便。欢迎你们，请坐，跟我们一起欢乐吧！姑娘们，请客人喝啤酒！——我们正在举行我的养女柯丽达和木鞋匠雅谷的婚礼。

埃斯科　宾客们，你们尽情欢乐吧！——不过，东家，别以为我们来这里是为了骗一顿饭，不，不是，我们还有重要的事要办。

加　利　这我当然知道。不过我是请你们参加婚礼，你们现在跟这里的其他人一样都是尊贵的客人。

米　科　非常感谢。

埃斯科　我们极为谦逊地感谢你们的邀请。（端上啤酒）

加　利　把感谢词搁置一旁，让我们来喝一点儿吧！

埃斯科　（偷偷看了柯丽达一眼，接着就自言自语）她像玫瑰花那样美丽。瞧，头上戴着金色的头冠！我的心有点儿被刺痛了。我是上了当了。不过，我并不想就此大闹一场。只要他们不惹我们发火，我对这件事就一字不提。（把啤酒杯从米科手里拿了过来）看来他们并不会这样对付我们，他们还邀请我们参加婚礼呢。我像趴在石头上的河鲈那样一声不响。（喝酒）

加　利　是什么风把你们吹到这里来的，我能问你吗？

埃 斯 科　我们在这里有几件事要办。

加　　利　你们也许想再见一次我们村里那位名扬四海的算命先
　　　　　生，对吗？

埃 斯 科　你猜对了。

加　　利　是不是有人偷了你们的东西？

埃 斯 科　没有，但是有人从一个住在坦佩雷市的外国伯爵那
　　　　　里偷走了好几千大洋。通缉令还没有传到你们的教区
　　　　　吗？

加　　利　现在我想起来了。通缉令在我们这里也已经公布了。

埃 斯 科　就是这个缘故使我们快步来到这里，想问一问算命先
　　　　　生，这个盗贼是谁，什么地方可以把他抓住。

米　　科　不过，我在这里的亲戚家有别的事要办。

埃 斯 科　谁能把这个盗贼抓住并且交给政府机关，谁就可以获
　　　　　得 700 克朗的奖赏。

加　　利　是的，没错。

埃 斯 科　听说这位伯爵腰缠万贯。

加　　利　因此，除了这个盗贼得到惩罚外，他还准备拿出几
　　　　　百个克朗作为奖赏。我希望你能成功。——噢，桌
　　　　　子已经摆好了。让我们一起吃饭吧。（大家都在桌子
　　　　　旁坐了下来）现在请大家不要客气，橡木盘里的东
　　　　　西你们尽量拿着吃，吃得肚皮像牧师的麻袋那样鼓
　　　　　鼓的！

米　　科　然后，如果你累了，你就可以枕着麻袋睡觉。

加　　利　一点儿也不错，米科·维尔加斯。

埃 斯 科 俗话说，吃饱了以后就肚皮鼓得高高地躺在地上。但是，我们的情况并不像科尔比拉村的巴伏在贝尔托拉婚礼上所表现的那样。婚礼前两天，巴伏就开始绝食，连早餐都不吃。然而，到了婚礼日的晚上，他就狼吞虎咽。最终从桌子旁站起来后，他就迈着沉重的步子，从农舍走到了草场，在地里挖了个坑，把肚子放在坑里，然后像头猪似的呼呼睡着了，一直睡到第二天的夜里。这就是巴伏所干的。

加　　利 你们也这样干吧。不过，你们不要躺到坑里去，而是用跳舞来使肚皮缩小。戴姆，让你的小提琴响起来吧！

埃 斯 科 当我们走近农舍时，在打谷场我们就听到了小提琴的声音，我们彼此问了一下：加利家欢声笑语，琴声飞扬，在举行什么庆典？原来这里举行的是婚礼，还有美妙的音乐呢。

加　　利 戴姆是一流的小提琴手。

埃 斯 科 那么，我们村里奥依纳斯麦基家的约塞比，你觉得他怎么样？一公里外都能听到他拉的琴声。这种声音悦耳动听，使人好像置身于天堂的欢乐之中。

戴　　姆 天堂的欢乐之中？看来这个人真了不起。遗憾的是，既然他是一个非常出色的吹鼓手，但你没有把他带到这里来参加我们的婚礼。

埃 斯 科 我不知道这里在举行婚礼，再说，安排一个小提琴手来参加这里的婚礼并不关我的事。

戴　　姆 你在说什么？

埃 斯 科 我已经替自己交纳了人头税＊。

戴 姆 说话别气冲冲的，你头上的头发就像个蚂蚁窝。

客 人 一 戴姆，你是不是想吵架？

客 人 二 他多喝了一点后就常常爱争吵。

戴 姆 我一共喝了 5 口，没有超过 5 口。

加 利 如果你想多喝的话，你一定要再多喝一点儿。

戴 姆 我已经喝够了。——但是我不能容忍这个人。

加 利 你必须容忍他，因为他跟你一样也是被邀请来的客人。

戴 姆 他胡说八道。

加 利 我必须告诉你，刚才你自己表现得很差劲。

戴 姆 什么奥依纳斯麦基家的约塞比，什么置身于天堂的欢乐之中。这儿的人都在谈论音乐，对音乐却是一窍不通，真是瞎狗端星星——死活看不出个样儿来。

埃 斯 科 是，长官先生！

戴 姆 你是个骗子、恶棍、无赖。

埃 斯 科 是，长官先生！

加 利 （自言自语）这两个都是木头疙瘩。

雅 谷 我也想说几句话。这是我的婚宴，这是我有生以来最愉快的一顿饭，我想对柯丽达来说也同样是如此。我从内心深处希望其他人也能尽情享用这次宴请。难道因某种芝麻大小、无中生有的缘故而破坏这种欢乐的气氛吗？别再吵啦！伙计们，不要再互相攻击啦！让

＊ 直到 1863 年个人向国家交纳的唯一税款就是人头税，男性两个克朗，女性一个克朗。埃斯科说这句话的意思是他也有话语权。

我们尽情地吃，尽情地喝吧！

埃 斯 科 说得对，木鞋匠！你是木鞋匠，我是皮鞋匠，我们多多少少还是同行兄弟。不过，有一件事我诚心诚意地想对你说。当年你爸妈让你去学制作木鞋手艺，而不是制作皮鞋手艺，他们这样做，太愚蠢了。说真的，在当今世界上，木鞋匠这个行业并不赚钱，而直到审判日为止需要的是靴子、高跟鞋、用皮革制成的鞋子。你本应该成为皮鞋匠。

戴 姆 皮鞋匠！他妈的，什么是皮鞋匠？混球儿！

加 利 戴姆！

埃 斯 科 你想说什么就说什么，戴姆，但并不是每根树枝都能长出皮鞋匠的 *。

戴 姆 至少长不出像你这样的皮鞋匠。你就是属于这一类的皮鞋匠，我已经听到过许多传说，都是有关他们蹩脚的手艺。

埃 斯 科 实话实说，你听到什么了？

戴 姆 某农民，我不说他的名字，他在进城的路上跟我说，他是第一次穿上你做的靴子，他从堂屋走向马厩时发现一只靴子的后跟掉了，你看，这只鞋后跟就留在了堂屋和马厩之间的路上。

埃 斯 科 这是谎言，这是彻头彻尾的谎言。就是从天上来的天使，他做的鞋也不如我做得好。——米科，你是知道

---

    * 此处指的是皮鞋匠并不是很多的。

我干的活是怎么样的，你可以向大家证明，不是吗？

米　　科　我知道你是一名很好的皮鞋匠，我们整个教区也都认可这一点。但是，如果真正的皮鞋大师从天而降与你比赛的话，我可不能担保你是否一定能够战胜他。

埃斯科　不过，你能代表你自己和我们的教区证实你现在对我的看法，而且是坚信不疑，对吗？

米　　科　是的。

埃斯科　好啦——这件事就到此为止吧！我总是反对自我吹嘘：众所周知，自我吹嘘闻起来很臭。然而，对一个有尊严感的人来说，当有人想压迫他的时候，他一定会神圣地维护自己的声望。——不过，那个家伙是如此可恶，顽固不化，我不得不感到惊讶。他像个栗刺那样刺痛我的心，而我却是一片好心，想告诉新郎，对他来说，皮鞋匠这个行业兴许会更好一些。

加　　利　不管是木鞋匠还是皮鞋匠，他都把它们抛入云霄了，他准备像个田鼠那样挖地打洞了。这是他今天做出的决定。

埃斯科　那情况就不同了。

加　　利　（手里拿着啤酒杯）雅谷，让我为你干杯吧。我希望你一年后能盖起你的小木屋，成为库第林地的主人。让你家周围的松林纷纷倒下吧！让黑熊搬到更远的地方去吧！这样一来，你们俩就有足够的空间。为了开荒种地，让树林熊熊燃烧，让浓浓的烟雾直冲云霄吧！人们看到浓烟一定会说，瞧，这是库第林地的雅谷在

焚林造地呐！10年后，烧焦的林间空地就会成为麦浪滚滚的良田；现在是仙鹤筑巢的沼泽地，到那时候就会成为绿茸茸的牧草地。你的女主人将会在小山旁给白色额头和白色脊骨的奶牛挤奶，快乐的孩子将会在石头平台上尽情玩耍，哈利小狗将会在大门口汪汪叫。而你呢？夕阳西下的时候，你将会坐在你家的台阶上给镰刀柄装上尖头。日出日落，年复一年，让时光在幸福的呵护下慢慢地流逝，直到你们最终进入静悄悄的坟墓。到那时候让思念的泪水洒落在你们的坟头上。为了纪念你们，让我干杯吧！（喝酒）

埃斯科　（自言自语）我的上帝！我一想起如果没有这场骗局，所有这些幸福就该降临在我的身上，这点我一想起，我的脑袋就发晕。不过我要保持沉默。

加　利　我的讲话使雅谷变得越来越严肃。让这种严肃的面容见鬼去吧！让我们勇敢地面对未来。

雅　谷　是，东家！我一旦起步决不退缩，我希望我流的汗水最终会得到报答。不过我不会忘记我可能遇到的那些灾害，其中最厉害的是每年夏季发生的夜间霜冻，它能在很短的时间里把全年的辛苦化为乌有，让正在抽穗的麦子枯萎。

加　利　你说得对，但请注意，展望未来时我们总想到好的方面，但逆境总是会出现，这是毫无疑问的。可怕的霜冻会毁掉我们的庄稼，不过你们可以在面包里掺树皮，疏通更多的沼泽，开辟更多的田地。苦干实干，勤俭

节约，那么，最终一切都会好的。

埃斯科　说得对，说得好，这一点我可以保证。只要我们诚恳
待人，创建和谐，永不记恨，那么，在我们坟墓附近
的石栏上，金鸡最终将会为我们啼鸣。

戴　姆　你一会儿在这里叫，一会儿在那里叫。

埃斯科　我不是在对你说。

戴　姆　不过我是在对你说。

埃斯科　你不用对我说，你不能对我说，我不让你对我说。

戴　姆　你能够封住我的嘴吗？难道我没有说话权吗？

埃斯科　我同样也有说话权。

戴　姆　你不能说话，除非你得到大人的允许。

埃斯科　为什么？我已经告诉你了，我已经为自己交了人头税
了。

戴　姆　你？你是最高权力机构中最小的成员之一，我想什么
时候杀你就可以杀你。我只要给你留下5块钱（俄国
货币）作为丧葬费就行了。

埃斯科　我可以引用摩西的戒律来回答你：如果你要杀害最小
的成员，那么就要把磨盘挂在你的脖子上，让你沉入
大海深处*。

加　利　我喜欢你，埃斯科。你是一个稳重而又有耐心的人。

埃斯科　别理他，东家。他不懂律法，也不懂圣礼。这就是关

---

* 见《新约·马太福音》第18章第6节，耶稣说："凡使这信我的一个小子跌倒的，
倒不如把大磨石拴在这个人的颈项上，沉在深海里。"

于磨盘的典故，但是他的心就跟最下面的那块磨盘一样硬。他是一个心狠手辣的家伙。

戴　　姆　你这个流氓！

埃 斯 科　我是流氓？

戴　　姆　你这个破鞋！

埃 斯 科　我是破鞋？

戴　　姆　这是我说的。

埃 斯 科　大家听着！

加　　利　我们是不是都疯了？（沉默片刻）

客 人 一　也许是这样。

客 人 二　如果不是这样，那么是什么时候呢？

加　　利　让我们祈祷吧！（坐下祈祷，然后又站了起来）

埃 斯 科　谢谢，东家！——这是一场快乐的婚礼，如果这位吹鼓手的情绪不是那样暴躁的话，那么这场婚礼就会更快乐。

加　　利　让我们宽恕他吧。

埃 斯 科　我们宽恕他。但是他不择手段地企图玷污我的声誉，我要不要让他在法院门口来回走动？（轻轻地拍了拍戴姆的脑袋，当时戴姆正坐在长桌旁边）小伙子，这顿饭对你来说是很费钱的啊！

戴　　姆　请大家看，他在抓我的头发！

埃 斯 科　我没有抓你的头发，我只是拍了拍你的脑袋。

戴　　姆　（从长桌旁站了起来）你拍吧。你把我当作小鬼来对待，因为你拍我的脑袋，不是吗？注意，别昏头昏脑地躺

到桌子下面去!

埃斯科 我不怕你。我不是什么兔子,也不是什么松鼠。我是荒原鞋匠的儿子,我能扛起 120 多斤的黑麦。

戴　姆 我能扛起足足 200 多斤的黑麦。

埃斯科 要是我真的生起气来,我也能扛起 200 多斤。

米　科 真正男子汉不是自吹自夸的,而是在需要的时候显示自己的实力。

埃斯科 把两大包黑麦（每包 100 斤）抬上来!

米　科 进行较量还有别的方法,不是吗? 来一次摔跤吧!

埃斯科 好,来吧!

戴　姆 难道我怕你吗?

客人一 就像长满苔藓的岩石上的两头黑熊,让他们相互扭打吧! 不过这必须是一场公平的比赛。

客人二 让这场较量来结束他们的争吵吧,让弱者像老鼠那样保持沉默!

加　利 （专门对着米科）我怕这场摔跤会带来不好的结果:他们可能把彼此的手脚扭断。你不知道,戴姆可是我们教区里最强壮的男子汉。

米　科 不会有任何危险。让他们较量吧。现在有好戏看啦!（对着埃斯科和戴姆）好吧,你们这些猛牛,你们还瞪着眼看什么?

埃斯科 我准备好了。

戴　姆 我也准备好了。

加　利 我并不喜欢这场搏斗,但如果我无法控制你们,那么

你们就互相斗吧。即使打得断手断腿，你们也只得怪
自己。不管怎么样，这场搏斗不能以流血而告终，而
这种情况是经常发生的。所以，我想对你们说：谁把
这场摔跤变成厮杀，我们就把他扔到粪土堆上去。

客 人 一 我们会这样做的。

戴 　 姆 好，就这样。——来吧！（他们互相抓住对方的领子，
开始摔跤）

米 　 科 加油，埃斯科！

客 人 一 看来戴姆并不是不可战胜的！给戴姆看看，你是无与
伦比的！

米 　 科 我们村的小伙子要赢了。

客 人 二 不，我说是我们村的小伙子。

埃 斯 科 别卡我的脖子！（暂停摔跤）

米 　 科 抓领子摔跤就到此为止。现在开始真正重量级十字摔
跤！

埃 斯 科 我也想摔这一套。

戴 　 姆 让你尝尝吧！（开始十字摔跤）

米 　 科 瞧你的，埃斯科！

客 人 二 戴姆，别给我们村丢脸！

米 　 科 记住，埃斯科，你是荒原鞋匠的儿子！

客 人 一 平手，平手！

加 　 利 孩子们，孩子们！地板都开裂啦！好，就这样吧！谁
赢了？（戴姆把埃斯科压在地上）

米 　 科 埃斯科，你让我看见了什么？！（两个摔跤者都站了

起来)

戴　　姆　我是戴姆。

客 人 二　勇敢的孩子!

戴　　姆　你看见了吗? 我就像扔布鞋一样把他摔倒在地板上。

埃 斯 科　是, 长官先生!

戴　　姆　你肯定知道, 我们村里的人并不是吃素的。

埃 斯 科　是, 长官先生!

戴　　姆　我至少能对付两个埃斯科。

埃 斯 科　是啊, 长官先生!

戴　　姆　没错, 这点你是知道的! ——亲爱的朋友们, 宾客们! 你们看见了我是怎么摔的, 不是吗? 很轻松, 就像玩游戏似的。我就是要教训教训这些毛孩子!

埃 斯 科　我的兄弟, 尽管你是赢了, 但别那样妄自尊大!

戴　　姆　感谢上帝, 你的两条腿还能走路! ——是的, 这点你是知道的。你像个泄了气的皮球躺在地上。如果你是个真正的男子汉, 我就不会如此轻松地把你打倒。

埃 斯 科　再来一回!

米　　科　好, 埃斯科, 别放弃!

埃 斯 科　小伙子, 再来一回!

戴　　姆　不值得。

埃 斯 科　他再也不敢了!

戴　　姆　我敢! (又开始摔跤了)

米　　科　现在, 埃斯科, 你要争气, 把你的男子汉称号夺回来!

(戴姆的父亲上, 他抓住他儿子的领子, 把他揪了出去)

加　利　可怜的戴姆！

米　科　埃斯科，现在你失去了你的男子汉称号。

埃斯科　遗憾的是，他就这样从我的手中溜掉了！——这是他父亲吗？

加　利　是的。我想这次他一定会把他儿子痛打一顿。

埃斯科　活该！——不过，在别人婚礼上如此打闹是十分不合适的。新娘是怎么说的？我请求饶恕。

柯丽达　我没有什么需要饶恕的！

埃斯科　我的心很难受。我无法弄清楚，他是怎么把我压在他的下面的？

加　利　他很强壮。

埃斯科　我比他强壮。他是用什么方法把我压在他的下面的？

米　科　（专门对着埃斯科）信不信由你，他用的不是光明正大的方法，他是把你绊倒的。

埃斯科　我也怕是这样。——这点你可以证明，对吗？

米　科　他是把你绊倒的。

埃斯科　是啊，他是把我绊倒的。我可得教训他一下。——这个家伙住在哪里？

客人二　（指了指窗外）那座小山的边上有座小木屋，门前很明显有一棵枝繁叶茂的桦树，这就是他的家。

埃斯科　现在我就到那里去，我要教训这个孩子，叫他在摔跤时要光明磊落。这条癞皮狗！打架的话我肯定能赢他。

米　科　毫无疑问。

埃斯科　他挨揍是活该，不是吗？

米　科　差不多。

埃斯科　摔跤时用脚把人家绊倒！这种情况下就需要惩罚，是的，需要惩罚。——我很快就回来。

加　利　埃斯科，听听我的警告：别理那个家伙，否则你会倒霉的。

埃斯科　我不怕他。我像山猫那样立即奔向那座小山旁，我要把那只狡猾的狐狸从洞里揪出来。我想让他看看，偷袭对方是要付出代价的。——我很快就回来。（下）

加　利　摔跤的时候，我没有发现什么小动作。如果我们唆使头脑简单的毛孩子野性大发，我们就会没有好下场。

米　科　这没有什么坏处，东家。埃斯科是个非常倔强，非常自信的孩子，即使遭到一次小小的挫折，这也没有什么坏处。

加　利　我觉得，现在这个时候，他们揍他也已经揍得差不多了。这是种瓜得瓜，种豆得豆。

米　科　我想问您一件事，行吗？

加　利　请问吧。

米　科　您在中途酒店见到过埃斯科的父亲——荒原鞋匠图比亚斯吗？

加　利　我是从城里回来的时候见到他的。

米　科　这次见面的时候，关于埃斯科和您的养女柯丽达之间的婚事，你们谈到过没有？也许只是开开玩笑，对吗？

加　利　这种事情我们好像谈到过，我说了一些话，而这些话，如果当时我没有喝醉的话，我是不会说的。老实说，

跟这个老头儿开开玩笑真有意思，但是，如果他把这个玩笑当真的，因而采取行动的话，我对我在酒馆里的这种恶作剧感到十分后悔。

米　科　没有什么关系。他们父子两人都是头脑简单的人，据说，他们头脑简单到常常把玩笑都当真的。

加　利　因此你们迎亲来到了这里，对吗？

米　科　是的，不过这件事并不重要，一点儿也不重要。您看，他并没有把这件事放在心上。他又吃又喝，还摔跤，最后他在离开的时候还对您表示衷心感谢。我知道他的性格，我可以向您保证，只要你们不伤害他的自尊心，他绝对不会提及这件事的。这件事就到此为止吧，不要让这件事打破你们婚礼的欢乐气氛。

加　利　吹鼓手已经被他父亲带走，因此欢乐的高潮也就过去了。——雅谷，还可以从哪里再找一个吗？

雅　谷　我觉得我们跳舞已经跳够了。我现在想支个招，我们干点儿别的，好吗？

加　利　你说吧！

雅　谷　你们家的牧草正在那里等着收割，而我们这里有的是人手，有好几十个呢。让他们在晨露消失之前去割草，用不了多久，牧草就都躺在地上了。

客人一　就这样干吧，加利！

加　利　叫我让参加婚礼的客人干活？

雅　谷　不是干活儿，而是玩游戏，让邀请来的和不请自来的客人都参加。他们都已准备好了，马上可以行动，男

人用镰刀在前面割，而女人在后面用耙子耙，让牧草地为每位客人交饭费吧。

客 人 二 这样一来，这不就是快乐的塔尔卡*吗?

客 人 一 现在到邻居家去取镰刀吧! （一部分客人从台后下）

加 利 好啊，要是大家高兴，那就这样干吧。让我们去准备一下。（加利、雅谷、柯丽达等走到台右）

米 科 （独白）埃斯科去吵架还没回来，看到他从那里回来时的模样一定是很有趣的。——要不是旅费把我们俩捆绑在一起，我早就离开他了。可是，因为我没有很好地省吃俭用，所以钱一天一天越来越少了。一旦钱都花光，那么米科·维尔加斯也就远走高飞了。（埃斯科手里拿着帽子急匆匆走上台来，他是披头散发，衣服被撕得乱七八糟，眼睛下面还有一块鲜红色的伤疤）

埃 斯 科 米科，你看，我被撕成这副样子! 不过，这样一来可有好戏看了。

米 科 愿上帝保佑你，埃斯科! 我可以看得出，你今天可是运气不佳啊!

埃 斯 科 他们是两个打一个，这是一场不公正的斗殴。我的确尽力而为，打得山崩地裂，但我还是寡不敌众。

米 科 情况怎么样?

埃 斯 科 我像子弹出鞘那样奔到小木屋，我看得很清楚，他

---

* 塔尔卡是芬兰农村互助合作的一种形式，村民们帮主人家建造或修理房屋，收割牧草等作物，事后通常举行酒宴和舞会。

父亲已经把他痛打一顿，但当我冲上去揪住他的脖子时，他们父子俩却又成了同一条战壕里的战友，他们一起把我死死压住。

米　　科　嗯，嗯，这叫作共同的敌人使彼拉多和希律成了朋友*。

埃 斯 科　他们是魔鬼，不是什么彼拉多、希律。要不是我跑得快，他们早就把我连皮带毛全都吃了。

米　　科　真倒霉。

埃 斯 科　如果我的好朋友尤索拉家的阿博在这里的话，那我是不会被打得这样惨的。——该死的，米科，我心中的怒火是扑不灭的。妈的，当一个人怒不可遏时他就像一只塞得满满的麻袋，腹中胆汁就像草皮下的马蜂窝，乱七八糟，令人苦不堪言。——我的憎恨是来自两个方面。在那里的小木屋里我遭到了毒打，而在这里的宅院里我中了可耻的圈套，跟我几乎订了婚的新娘却给了别人。真是该死的！我被骗得太惨了。我要把这事问清楚，我要报仇。

米　　科　如果你是个聪明人的话，把嘴闭上不要谈这件事。让我们离开这里，马上走人。

埃 斯 科　我不能就此罢休。你好好想一想，米科！——（雅谷穿着衬衣从台右上）嗨，木鞋匠！（急忙走到雅谷跟前）"三四五六七，木鞋匠烫伤自己的皮。"

雅　　谷　你想干什么？

---

* 根据《圣经·新约·路加福音》的记载，从前彼拉多（罗马帝国犹太行省的执政官）和希律彼此有仇，但在审问耶稣那一天，他们成了朋友。

埃 斯 科　"三四五六七，木鞋匠烫伤自己的皮。"你接受不接受
　　　　　别人的暗示？

雅　　谷　我听见过这句话，但说的是鞋匠烫伤自己的皮。

埃 斯 科　他不仅烫伤自己的肚皮，还烫伤自己背上的皮。

雅　　谷　这是皮鞋匠。

埃 斯 科　木鞋匠。别翘尾巴，伙计！这里谁是合法的新郎，你
　　　　　知道吗？

雅　　谷　我是最了解了。

埃 斯 科　你是不是知道我为什么到这里来？

雅　　谷　也许你是最了解了。

埃 斯 科　你让我越来越疯了。但你不要大声喊叫，因为沟渠在
　　　　　你的前面，万丈深渊在你的前面，你得小心，在越过
　　　　　沟渠之前，别掉进火坑里去。

米　　科　埃斯科，听我的！

埃 斯 科　现在我不听你的了，以后也不听你的了。我慢慢地觉
　　　　　察到你是一个什么样的人。——恐怕戴姆在摔跤时并
　　　　　没有使绊子，否则我自己是会感觉到的。而你呢，你
　　　　　是个狐狸，地地道道的狐狸。我的旅费还控制在你的
　　　　　手里。好吧，今天我们把账算一算吧！

米　　科　不过我还有一件事要做。（转向雅谷）嗯，你猜猜看，
　　　　　我为什么到这里来？

雅　　谷　这点用不着猜，因为从你自己讲的我就知道了。你来
　　　　　这里是来找算命先生，是想知道有关伯爵被盗和小偷
　　　　　的情况，并且因此而获得 700 克朗的奖赏。

埃 斯 科 我才不管伯爵和小偷呢。我来这里是为了另一件事，一件更为棘手的事。

雅　谷 你是个骗子。

埃 斯 科 伙计，别那样趾高气扬！我不是个骗子，而你是个强盗。你把跟我几乎订了婚的新娘抢走了，你把柯丽达从我这里抢走了。

雅　谷 如果我是把她抢走的，那么就让她自己证明吧。

埃 斯 科 她可能像你一样也说谎。

雅　谷 如果她说谎，那么她一定喜欢这场抢劫。

埃 斯 科 好啊，现在你自己乖乖地说出来了。听着，米科·维尔加斯，与这件事有关的每个细节我都要查清。——告诉我，本村的陪审员住在哪里？

雅　谷 这事用不着陪审员。

埃 斯 科 我需要他。——乖乖地告诉我，陪审员住在哪里！你看，我的孩子，这将成为一场官司，我呼吁官府的铁拳来帮助我。我想，你还是不要笑，因为你会在法庭上跪倒在我的面前，祈求我饶恕你的罪行。我就是要这样教训你，跳舞大师！抢了别人的新娘，你都不害羞，你这个小公牛，你这个木疙瘩！你在这里是不是想对我发号施令，小公牛？！

雅　谷 我是小公牛？

埃 斯 科 小公牛，小公牛，大公牛，无角牛拉乌基，准备出发，前往阿尼亚农贸市场。——你有什么要说的吗？

雅　谷 你是找碴儿，你是想吵架，而我总是想避免吵架。要

是我计较像你这样的人说的话，那我就太幼稚了。

埃 斯 科　我是哪样的人？你说！

雅　　谷　你是小松鸡。

埃 斯 科　你再听听，米科！他叫我小松鸡。

米　　科　那么轮到你的时候，你就再叫他小公牛。

埃 斯 科　（带着怀疑的眼光看了看米科，对着雅谷说）你叫我
什么我并不在乎。我是个男子汉，我坚守我所学的行
业。虽然生意清淡，但我用不着像我认识的那个人那
样在沼泽地里折腾。我们也许都记得这样一句成语：
有五个活儿，但仍有六个饿肚子的 *。——话就是这
样说的。但是情况是这样的：每个教区应该负责各自
的难民，不要让别的教区来照顾。这是正确的，合情
合理的，因为难民就像黑麦虫，如果人人都娶老婆，
生儿育女，坚守自己的工作岗位，而不像狐狸前面瞪
着大眼的兔子那样东奔西跑，那么就会找不到这样的
虫子了。说到兔子，它一会儿向右转，一会儿向左转，
但是狐狸轻如鸿毛，满怀诡计，直接冲向它的目标，
一会儿兔子和狐狸都在你的眼前消失了，但你突然听
到一声尖叫：兔子的小宝宝被咬死了。——情况就是
这样。狐狸对兔子来说就跟我们对饥饿来说是一样的，
我们生了那么多的孩子，最终又把他们干掉了。这里，
对那些在这个悲惨世界里到处莺歌燕舞的人来说，情

---

* 这句成语的意思是：虽然拼命干活，但仍然难以糊口。

况也会是如此。——因此，作为男子汉他决不放弃自己的工作岗位，当死的时候，他也要手里拿着鞋钻和蜡线，脖子上挂着鞋楦头。

雅　谷　但愿他是这样的情况，死后仍旧带着楦头进棺材。

埃斯科　不过，楦头用不着进他的棺材。看你这个样子，你内心是愤愤不平。你把我搞得疯疯癫癫，因为我怒火中烧。你那些刺耳的话好像把我的眼睛从眼窝里都挖了出来似的，你这个坏蛋，你这个破鞋。关于你我该说些什么呢？你——嗯，给我做一双木头鞋！

雅　谷　为什么不做？我的婚礼已经举行过了。

埃斯科　是啊，给我做一双木头鞋，木鞋匠。我付你的钱比你想要的要多得多。

雅　谷　普通的价钱，不用给比这更多的钱。

埃斯科　比你开的价钱要多，我给你多一倍的钱，你这个无赖，牛角雅谷！——愿上帝保佑我！今天我真倒霉。（在雅谷面前握紧拳头）雅谷！

雅　谷　你想干什么？

埃斯科　雅谷！

雅　谷　你这样发脾气是徒劳的！

埃斯科　雅谷！愿上帝保佑我们！

雅　谷　别在我的鼻子前面握紧你的拳头。伙计！我的眼前越来越黑了，你得规矩点儿！

埃斯科　发泄你的怒气吧；我不怕你，就来一场打斗吧！我根本就不怕你，你这个癞蛤蟆！（加利也穿着衬衣从台

右上）

加　利　看来你们这帮孩子有点儿太激动啦。——雅谷，你怎么啦？你站在那里，脸色像死鬼那样苍白。

埃斯科　亲爱的加利，今天我可掉进火坑里啦。该死的今天！我挨揍了。戴姆和他的父亲，这两个凶神，他们就像拍打地毯似的把我压倒在地，狠狠地打了我一顿。

加　利　这怪你自己，我的孩子。你为什么不听我的劝告？

埃斯科　出事在海上，但聪明人在陆上。要是没有另外一件事，我也就把这口气咽下去了。可是那件事气得我怒发冲冠，浑身颤抖。

加　利　那是件什么事？

埃斯科　直说吧：我在这里中了个圈套，我的新娘被人抢走了。柯丽达是我的未婚妻，但是她从我这里被抢走了。

加　利　你搞错了吧！这一切都是柯丽达开的玩笑。

埃斯科　你跟我父亲在中途酒店为这桩亲事喝得烂醉，为了确定这桩亲事你们还互相握手，难道这一切都是开玩笑吗？

加　利　这是在酒杯旁偷偷玩的一场游戏，我想你父亲也应该明白的。

埃斯科　他跟他儿子一样固执，他跟我一样不允许随便开玩笑。在你们面前我们不是供你们玩的玩具，这点我要向你们表明的。——我要把你告上法庭，加利，我要把你告上法庭，雅谷，同样我也要把你的妻子柯丽达告上法庭。戴姆和他的父亲把我毒打了一顿，让他们也一

起上法庭吧！这一切加在一起，我一定要告上法庭。对你们来说，这场官司是个棘手的问题，即使是个微不足道的小人物，也是无法摆脱的。是啊，你们是游进了渔网的鱼，很快就会被捞上来，而且腌鱼用的盐正等着你们呢！这件事的确很难办，你们现在是处于极其危急的困境，我亲爱的朋友们！

加　利　从你所讲的，我们可以听得出来，法律和法规你是不太懂的。

埃斯科　我懂得够多了。没错，我要教训你们，你们——噢，这个村的名字叫什么？

加　利　这是海居莱村。

埃斯科　哦，我的确要教训你们，你们这帮海居莱村狗崽子！

加　利　如果你懂得法律，你可能知道，那些企图扰乱邻居举行的婚礼、洗礼和祭礼等庆典的人该受到什么样的惩罚。我是一个很平和的人，因此我尊重法律。如果有人打算侵犯我的权利，我知道我该如何诉诸法律。——我不想说更多的了，我只想警告你，别在这儿制造任何麻烦。——来，雅谷，咱们走吧！（加利和雅谷下）

埃斯科　正如柯莱阿约家马蒂杀人后所说的那样，我要说的是：我们听不见法律所发出的威严的声音，因为我们的胆子越来越大，复仇的烈火在我们心中燃烧。情况就是这样。这种罪孽在我们身上是根深蒂固，这点我承认，但我是无能为力，也不十分在乎，因为亚当的堕落并不是我的过错。——我被骗了，我现在要报仇，我要

在这里大动肝火，干出一件惊人的事来，这样可以稍
微减轻一下我的痛苦。——不过我还想跟新娘谈谈。
（往右走向旁门）

米　　科　我还有一句话要说，埃斯科！

埃 斯 科　一句也不要说，米科！让蝎子今天到处活动吧！——
你再想一想，今天是多么奇怪啊，发生的事也是多么
奇怪啊！今天举行的是我自己的婚礼，但我却不是新
郎，新娘像牧草地里的鲜花那样美丽，但她不是我的
新娘，她是木鞋匠的新娘。你看，米科，这让我多么
难受啊！——不过我想跟她谈谈。（走到旁门边）新
娘来了吗？新娘，请您进屋来，好吗？我有话要跟您
说。（柯丽达上）你认识我吗？

柯 丽 达　您是埃斯科，对吗？

埃 斯 科　是的，荒原鞋匠的儿子，一个奉公守法的人，尽管有
人想嘲笑他，但他不是别人嘲笑的对象，拿他当笑料
是不行的！

柯 丽 达　您这样说是什么意思？

埃 斯 科　娘子，你欺骗了我，你在我的胸中塞满了毒蛇、蜥蜴、
青蛙以及在陆地上能跳能爬的各种动物。你把我那鲜
花盛开的良田变成了荒草丛生的地块，把麦片粥变成
了糠皮粥，你让我在众人面前因你而丢尽面子。——
然而，有罪必有罚，让你的良心惩罚你吧！让铁锤敲
掉你夜间的睡眠。我就是那噩梦，那黑色的魔鬼，夜
间用双手掐你，用铁锤砸你。不，不，我会用手拍你，

轻轻地拍你，没有人会知道的。嗯，我的姑娘，即使你老得牙都掉光，下巴都突了出来，这场骗局仍将像老鼠那样一点一点地咬你。请你记住我的话。

柯丽达　我跟您没有任何关系,您这个无耻的家伙！（走到右边）

埃斯科　无耻的家伙！按法律她应该是我的新娘，但她却对我破口大骂。(一下把饭桌掀翻了)

米　科　埃斯科！你是不是疯啦？（柯丽达和另一个女子从右边走过来）

女子　天哪！桌子上的东西全都打翻了，瞧，那里是青豆和肉块。

柯丽达　赶快去牧草地，把男人都叫来！（女子下）一定要把他拉走。

埃斯科　这是戴姆的小提琴！（拿起小提琴，往墙上一摔，摔成了碎片）

米　科　冷静些，埃斯科！你这样做是要倒霉的。

埃斯科　把窗户都打碎！（从地板上拿起小凳子，把一扇窗玻璃全都打碎）就这样，就这样！

柯丽达　赶快去叫人！他要把整个儿房间都推翻啦！

埃斯科　现在是另一扇窗户。(把另一扇窗的玻璃打碎)

米　科　你是着了魔啦。你看，所有人都行动起来了！他们都齐心协力跑过来了，你看见没有？——你完了！（埃斯科赶紧戴上帽子，背上褡裢）

埃斯科　跟我走，米科！我现在走啦！（跑步下，很快一批男子卷着袖子，穿过厅堂大门迅速地追了出去，一边跑，一边大声喊叫）

第 三 幕

（海门林纳市街道。依法利喝得酩酊大醉，坐在一扇大门前的石头上）

依 法 利　今天是星期几？我想今天是星期一，明天埃斯科就要婚礼后带着他妻子回家来了，家里人都等着我们在城里买的东西哩，这是为庆宴准备的，但一切都无济于事了，因为所有的钱全都喝了，其中包括一车萝卜的钱以及家里人和村里人托我们买东西的钱，现在是一分不剩。钱包里空无一文，但脑袋里却充满着毒液和怨恨。——现在魔鬼已经放出来了，我正站在地狱的大门口，我听见从热气腾腾的地狱里传来的铁叉的叮当响声。啊，多么恐怖呀！因而别再东张西望，别再胡思乱想啦。我要像个昆虫那样活着，不管家里发生什么事，昆虫一出生就生儿育女，然后就死去。让我的眼睛只看着地面，从一粒沙子移到另一粒沙子。谁来了？我亲爱的舅舅撒盖利，在这次倒霉的行程中他是我的酒肉朋友。我现在成了这个模样他应负主要责

任。（撒盖利上）

撒盖利 孩子，你现在怎么样？你在想什么？

依法利 我觉得当今世界上不喝酒的人过的生活是最好的。现在我突然又想起了不喝酒的日子，但在今天这样充足的阳光下，看见我这种悲惨的样子我就感到震惊。他妈的！要是这里有戒酒协会那就好了，这样我就马上向上帝发誓，我就会获得新的勇气，重新变成人的模样。

撒盖利 我曾经也是戒酒协会会员，但后来我退出来了。

依法利 你曾经当过警察，但后来你也退出来了！

撒盖利 我犯了个小小的，但无邪的错误，我差不多是故意犯的，因为我并不喜欢警察这个行业。

依法利 这事我知道。

撒盖利 告诉我，你知道什么了？

依法利 您只是跟一个小流氓一起喝了一点儿非法没收来的酒罢了，酒是这个家伙非法搞来的，而您是应该抓住他的。

撒盖利 这事儿是因我的善意而引起的！这个家伙很友好地请我喝酒，我能用手铐把他铐起来吗？

依法利 对一个酒鬼来说，当然不能这样做。

撒盖利 我这样做并不是想喝口酒，我是由于他请我喝酒所表示出来的友情和善意而这样做的。

依法利 您只喝了一口？

撒盖利 我一直喝到酩酊大醉，而且还拿了满满的一小瓶放到

口袋里。

依 法 利　非法获得某物，这是什么行为？

撒 盖 利　偷盗！

依 法 利　非法获取钱财的人叫什么？

撒 盖 利　小偷。

依 法 利　与小偷同流合污的人叫什么？

撒 盖 利　小偷！但这里完全是另一回事。

依 法 利　与小偷同流合污的人也是小偷，一般来说，这是对的，但如您所说，您的情况完全是另一回事，我觉得的确是这样：您跟小偷在一起，但您不是小偷。

撒 盖 利　你这个调皮鬼，你要知道，我是你舅舅，我也匆匆忙忙活了50多岁了。你到想审查我，你想把我打成小偷，这太无耻啦！

依 法 利　舅舅！迄今为止我们一直是好朋友，对吗？我们一起把我的钱都喝光了，我们一起，就像猪圈里的猪那样，彻头彻尾地蜷缩在酒店的角落里。难道就因为一时粗心说了句不合适的话而翻脸不认人吗？

撒 盖 利　你真是个大滑头，但我从来也不跟人吵架——我们今后仍然是朋友！对我说真的，你父亲有没有请我参加埃斯科的婚宴？

依 法 利　他请你了，但母亲反对。

撒 盖 利　好啊！我就跟你一起走。让我们在荒原农村小木屋里高高兴兴地欢迎埃斯科回来吧！

依 法 利　要是母亲把您赶出来，那怎么办呢？

撒盖利　你别难过！我们是兄妹，即使我们吵嘴，即使我们像狗和猫那样打架，但我们仍然是兄妹！——我跟你一起走。让我们赶紧上路吧。你的马在哪里？

依法利　就在纽伦第老爷的庭院里。它是瘦骨嶙峋，身上只裹着一张棕色的毛皮。

撒盖利　它还能站着，对吗？

依法利　是的，有时还能动一动，这说明这个可怜的家伙还活着。他妈的！看到这家伙耷拉着脑袋，奄奄一息的样子，我的心很难过。

撒盖利　我要给它一点儿活力，应该让它吃些干草和燕麦！

依法利　您有钱吗？

撒盖利　通过千方百计我多少还剩了一点儿。

依法利　那我们去买些最要紧的东西吧！

撒盖利　要买什么东西，那是不够的！我们只能用这个钱给马弄点儿吃的，另外在经过中途酒店时买一壶酒。

依法利　这样就万事大吉，不过我不想回家！

撒盖利　你怎么如此幼稚啊！机灵的孩子比这更困难的问题都能处理。

依法利　要摆脱这场困境是不可能的！一车萝卜的钱已经喝掉了，托我买东西的钱也喝掉了，但这次您的确是帮了我的忙。

撒盖利　我还要帮你的忙，让你摆脱这个困境！

依法利　您能给我 10 克朗吗？

撒盖利　我一分钱也没有，这方面我无能为力！

依 法 利　这个办法至少可以救我的命！

撒 盖 利　办法还是有的。——你要听我的！就说在回家路上强
盗把我们洗劫一空，还把我们打得遍体鳞伤，结果我
们不得不在林中木屋里养伤，这样就多耽搁了一天。
我们身上，感谢上帝，有的是礼品，不仅头上有，脸
上也有。

依 法 利　感谢美酒！

撒 盖 利　那你觉得这个主意怎么样？

依 法 利　我怀疑他们会不相信这一套。

撒 盖 利　如果他们不相信，我们还可以把棕色马身上的缰绳割
断，用刀子在马腿上开个小口，这是马在我们与强盗
厮打时被刺的。这一切将会使这套东西非常可信，另
外我们身上留下的伤疤更是切中要害，这点你可以完
全肯定！这事就这么定了，一切都会很顺利的。现在
让我们满怀信心走向你的家吧！

依 法 利　就这样吧！不管成功不成功，我同意这一套把戏。让
一切都见鬼去吧！——舅舅，我能喝点酒吗？

撒 盖 利　到达中途酒店之前，一滴酒都没有！

依 法 利　那我们快跑吧，使劲儿跑，舅舅！我还在乎什么！

撒 盖 利　我们走吧，但你要记住，路上对路人要客气点儿。你
有你母亲的勇气和性格，很好的勇气，但没有她的宽
肩膀，你只有鼬鼠那么点儿力气。这样的人出门很危
险，总要惹人发火。没有人会怕你的，你也没有力气
保护你自己。嗨，依法利，跟你做伴真危险啊！

依 法 利 一路上我一定乖乖的，决不乱说乱动！

撒 盖 利 你应该总是这样，相信我，你这样表现才是最聪明的！——弱者总是走得弯弯曲曲，忍气吞声，根据自己的低能来衡量别人的诽谤，他这样做，反而比相信自身力量的巨人更无恙地穿过人间的风浪。

依 法 利 不过，当胆囊流出的胆汁越来越多的时候，就难以控制啦！

撒 盖 利 弱者有胆汁，也没有胆汁。只有当他肯定丧失理智的时候，他才会感到胆汁的苦味，到那时候，他是被魔鬼缠住了。毫不奇怪的是，他会对自己的损失负责。相信我说的话：懦弱这种天赋，当它被正确利用时，它是一种能带来幸运的东西。

依 法 利 如果一个人既强壮又谨慎，那么他就会更幸福。我要像熊那样强壮，像绵羊那样善良，像狐狸那样机灵，当我穿越万水千山时就像巫师的飞镖那样是触摸不到的。

撒 盖 利 一个人不可能拥有如此多的优点。这是人生的规律！——好，现在出发吧！愿上帝保佑我们！我有点儿害怕，不知道这次旅行将会如何结束。

依 法 利 要是能把漂亮的姑娘拉到我们车上那有多好啊！

撒 盖 利 你还这样想，你这个流氓！对你这匹瘦马来说，我们两人的重量还不够吗？我们车上不能再加女人了，我的孩子，一个也不行！（二人下，尼科从台左上，埃利基从台右上）

尼　　科　你好，老伙计！你们村有什么变化？

埃 利 基　我不认识您！

尼　　科　我们曾经一起捏过泥公鸡，掏过老太婆家的鸡窝，我们抓过彼此的头发，淘气得打过架。我认识你，你这个老滑头。

埃 利 基　我是谁？

尼　　科　你是个大坏蛋，你是盖赫考斯基家的埃洛！

埃 利 基　那你是谁？

尼　　科　比你还要坏的大坏蛋，我是耶维莱家的尼科，你记得不记得？

埃 利 基　噢，你好，伙计！

尼　　科　握手吧，你这个地老鼠！

埃 利 基　天哪，别那样使劲！

尼　　科　这下地老鼠掉进了海蟹的麻袋里了。呀，呀！我要教你怎么认你从前的朋友！

埃 利 基　我的天！你现在留着这样的短胡子，尼科，我怎么能认得出来呢？

尼　　科　跟我一二年前留的一直长到膝盖的胡子相比，它只是残留部分而已。就是这条长胡子，女人见了都疯了，我在城里街上走的时候，后面总是静悄悄地跟着一帮女人，就像一群鱼跟着一条小鱼，或者跟着鲸鱼在水中留下的尾波，就好像海洋中的巨轮破浪前进似的。就是这条长胡子，我现在仍后悔不已，因为我怎么能如此轻率地把它剪了呢！不过，干什么都是为了钱，

不是吗?

埃 利 基　你是为了钱才这样做的啰!

尼　　科　我把我这条漂亮的胡子卖给了土耳其皇帝做他帽子顶上的翎毛。我真糊涂啊,我得了100银元(土耳其货币)就把胡子给他了。

埃 利 基　不过,你希望胡子还能长,长到原来的长度,对吗?

尼　　科　不能再长了,这桩生意把我的胡子给毁了。天生的东西是不准卖掉的。胡子是上帝的礼物,从头到尾都在天上,它的生长取决于上苍。相反地,比如天上的云彩,它的出现取决于来自下方的雾气,云来自于雾。唉,我再也不会有从前的胡子了。然而,如今他戴着帽子摇头晃脑地行走时是多么威风啊! 一想到这一点,我的心就得到了安慰。你会觉得我是贪图荣华富贵,但是你想一想,当土耳其皇帝走过时,成千上万个脑袋都在向我的胡子鞠躬哩!

埃 利 基　说真的,你到过土耳其了吗?

尼　　科　我在土耳其首都混了三个多月,天哪,那段时间多么美妙啊! 那里每天举行庆典,那里什么东西都有。吃的猪肉肥得可怕,名贵的酒要喝多少有多少。晚上与女人一起跳舞,什么样的伴奏都有,土耳其姑娘非常漂亮。她们的头和胸部总是盖着的,但从胸部到膝盖全都是裸着的。

埃 利 基　裸着的?

尼　　科　是的,全都裸着的,但从膝盖以下穿的是黑色袜子,

脚上穿的是红色鞋子。——就是这样，土耳其那里人们就是这样生活的，就像林间空地上的山羊那样生活，当我们要离开那里时心里真有点儿依依不舍。从土耳其我们就航行到了罗马，船上装的是木蜜和蜂蜜。到了这座世界城市后，我们听到的是敲锣打鼓。原来城里正在举行教皇的婚礼。我们船上装的货物就是为了这场婚礼从东方国家订购来的。因此我们受到了热烈欢迎，教皇和他的新娘衷心感谢我们，并邀请我们参加他们的婚礼。我们接受了他们的邀请，这次我们又喝得酩酊大醉，在离开那里之前，我们一直是醉醺醺的。在驶离罗马的时候正好是大雾蒙蒙，我们的船又满载赎罪书和免罪证。我们要把赎罪书运到西班牙，把免罪证运到英格兰。我们就这样做了，然后我们从英格兰朝北方航行，我们要到北极去装黑煤和泥炭，因为英格兰是靠煤炭才能运转的，我们航行的船是世界上最大的，它装满了煤炭，航行起来就像一座巨型的海上城堡，它的桅顶几乎碰到了云层。——但是，我们的运气很不好。在冰山中间，阴冷的海洋深处，一条鲸鱼——世界上最大的鱼，游过来向我们问好，它挥动尾巴把我们船的船身划了一个裂口，结果船就开始下沉，这个野兽的目的就是要用尾巴来击破我们的船，因为当我们下沉的时候，它就可以一个一个把我们吞到它的肚里，不过我还是得救了。我像松鼠那样爬上了桅杆。——或许是泥炭的缘故船停止下

沉。——我最终爬到了桅顶，并在云层交界处坐了下来，等待命运的降临。此时，一片乌云飘了过来，我轻捷地跳了上去，然后这片乌云就风驰电掣般地把我带回到英格兰的克利图山。我又从那里回到了芬兰，现在我就站在这里。

埃利基 可是水手弃船逃跑是要受到严惩的！

尼　科 我已经受到惩罚了，在图尔库监狱里我已经被关了10天。

埃斯科 这还不够，在这方面法律的规定要严厉得多！

尼　科 什么？我觉得你已经成了律师了！

埃利基 陪审员一般该知道的我都知道！

尼　科 你是陪审员？年轻时，我们都是听天由命，你跟我一样脚下都没有一块属于自己的土地！

埃利基 我的朋友，自从我们分离后，简单说来，我的人生经历是这样的：一个姑娘，她是一家农庄的继承人，年轻又漂亮，大概看上了我，而且爱我爱得发疯。这样一来，我就娶了她，我戒了酒，我辛勤地工作，结果一切都很顺利。我在教区的威望与日俱增，终于我被任命为陪审员，你可以理解，走起路来像雄火鸡那样我是多么趾高气扬啊！

尼　科 你是一个很有理性的人，不能成为雄火鸡。——所以，我觉得你成了真正的男子汉，太棒了！祝你万事如意！我也经历了这样那样，在炼铁炉中经过多次锤炼，这一切都带来了一定的结果，使我增长了智慧，但只

有上帝知道，我最终要死在哪里。——考验还没有结束，我的面前还会出现新的机遇，新的问题。我的心还在怦怦地跳动，希望一切都能圆满地结束！我现在再次站在祖国的土地上，付出这样高的代价后我的双脚还能踩在祖国的绿茵地上，我要衷心感谢我的好运。

埃利基 我真想知道，你是怎样如此轻松地摆脱困境的？

尼　科 事情是这样的：在法庭面前我不得不交代我在逃亡期间的所作所为。如我刚才给你说的那样，我向法官讲述了我在海上的经历，所有法庭上的人听了都捧腹大笑，我可以肯定，我这一套把戏救了我的命，因为法官提出了各种理由为我开脱罪责，如我所说的，结果我这个逃犯只判了10天监禁。

埃利基 现在你可以说你已经服刑了，不过，我觉得那几天对你来说一定不好过吧！

尼　科 一点儿也没有问题，埃洛！

埃利基 你不是一个大烟鬼吗？

尼　科 这方面马上就找到了办法。把烤焦的面包皮磨成粉末，掺入一半烟灰，鼻烟就这样制成了，这是一种很好的鼻烟。对嚼烟草的人来说，冬天根本就不成问题。白杨树块作为劈柴搬进屋后，大家就像兔子那样一哄而上，不一会儿，每个人的嘴里都塞满了嚼烟，在烟草短缺的情况下，这样做还是适当的。一句话，监狱里的生活还过得去，只是吃的东西多少有点儿紧张。为了来到我可怜的女儿身边，我已经准备接受更严厉的

刑罚，如你所听说的那样，我女儿现在是孑然一身，无依无靠，没有母亲，也没有父亲。

埃利基 那么你听说了你妻子去世的消息，对吗？

尼　科 我是在英格兰听到这个消息的，我回忆起我的所作所为，我就朝着我的国家航行。——埃利基，也许你知道我女儿在哪里，她现在生活得怎么样！

埃利基 她母亲死后，所有的遗产，包括动产和不动产，全部由拍卖行拍卖。你们家最近的邻居图比亚斯鞋匠成了你女儿的监护人，他把你女儿和她的钱财全部据为己有。钱是怎么花的，大家都不知道，不过，你可怜的女儿却像女奴一样不得不在鞋匠家里干活。

尼　科 女儿，我马上就来救你来了，我要跟鞋匠算账。——那个老下士立下这样奇怪的遗嘱，说什么我的女儿或者鞋匠的儿子，他们俩谁先结婚谁就能继承他的遗产，你记得吗？

埃利基 这事我知道！看来事情好像对鞋匠儿子有利。他现在正在迎亲的路上，他父母使劲催他这样做，同时阻止你女儿嫁给一位年轻的木匠克里斯多，这人很不错。他们知道应该怎么做。

尼　科 是的，他们知道，但是黄金如粪土。女儿，你一定能得到克里斯多的，你的监护人在这里。我的女儿雅娜，我是多么想念你啊！

埃利基 跟我走，这样你就可以坐车走了，但我在路上还要耽搁两三天，我还要办点事，所以要绕几个弯儿。

尼　科　我不想绕道,我想直接回家! ——好,再见吧,我的
　　　　伙伴!

埃利基　让我们不久再见吧!

尼　科　让我们在老朋友家里和石头树桩旁再相会吧,再见!
　　　　(二人下,分道而行)

　　　　(中途酒店。店堂两边都有为数不多的几张桌子。
　　　撒盖利和依法利坐在右边,他们面前放着酒瓶和酒杯,
　　　左边坐的是尼科,旁边放着一大杯啤酒)

尼　科　(喝完啤酒后开始自言自语)我的天哪,真累啊! 不过,
　　　　对一个海员来说,在尘土飞扬的公路上跋涉不是他的
　　　　强项。——妈的! 我的关节全都僵硬了,如果不能搭
　　　　乘他人便车的话,我真不知道什么时候才能走到头呢。
　　　　让我把最后一块钱花在啤酒上吧,这样一来,我就一
　　　　身精光了——不过,还没有什么问题,一点儿问题也
　　　　没有,俗话说,车到山前必有路。不用着急,时间会
　　　　给我出主意的。(喝酒)坐在那边桌子旁那两个家伙,
　　　　他们是什么人?

依法利　你想一想,撒盖利舅舅,今天晚上,就在今天晚上,
　　　　埃斯科就要带着年轻的妻子回家了,您是知道的,我
　　　　必须带着调味品回去,这是为新郎家的庆宴准备的,
　　　　但我现在却是两手空空。我的天啊,撒盖利舅舅!

撒盖利　只要按我说的做,一切都会好起来的。相信我吧,依

法利，我的小外甥！一切都会好起来的！（依法利喝酒）

尼　　科　（自言自语）鞋匠图比亚斯小儿子和玛尔塔的哥哥，我认出这两个人了！看来他们的处境并不太理想。（店主上）

依法利　东家，你是个心地善良的人，你是助人为乐，不过到了最后一天你还是能够拿到工资，而且是全额工资，因为是你在这里把一个小酒鬼灌醉的！

店　　主　嘻嘻嘻！你这个小滑头！——不过我要向你们通报一件事。

依法利　什么事？难道我们没有交钱吗？

店　　主　全都交了！

依法利　那你还咕哝什么？

店　　主　我想说的是，如果你们现在想发财，那么他可以给我们狠狠地踢一脚！

依法利　要是他能把你一脚踢进地狱，那我们大家就都交好运了！

撒盖利　依法利，你喝醉了！

依法利　我喝醉得感谢店家，这个魔鬼！

撒盖利　住嘴，我的孩子！

店　　主　不，不要住嘴，亲爱的客人。我们这里大家都有言论自由，也允许开玩笑！没有什么问题，我的客人，一点儿问题都没有！

撒盖利　您刚才说到什么踢一脚，您这是什么意思？

店　　主　事情是这样：据说，这儿附近，有人刚刚看到了那个
　　　　　大盗贼，就是那个盗窃外国伯爵大量钱财的家伙，并
　　　　　且谁抓住他谁就可以获得 700 克朗奖赏。

撒 盖 利　这个人的长相是什么样的？

店　　主　一头短发，一小撮短胡子，靠近左鼻孔有个黑痣！

依 法 利　一点儿都不错！击中目标！

撒 盖 利　就是这个人！

店　　主　我们要擦亮眼睛，保持警惕，他也许不久就会走进我
　　　　　们的店堂。要是我们把这个家伙抓住，这就是临门一
　　　　　脚 *，不是吗？

撒 盖 利　这真是走运！

依 法 利　要是他能落在我的手里那就好了！我就会马上用绳子
　　　　　把他捆起来，迅速地把他放到我的车上，我就会带着
　　　　　这个钱袋高高兴兴地把家回，到家后再把这家伙交给
　　　　　警长！

尼　　科　（独白）啊，老天爷！我现在有个主意，妈的，真
　　　　　有意思！要是成功的话，我也许能免费搭车回家
　　　　　啰！——值得一试！走吧，尼科，你要跟以前一样机
　　　　　灵！——我要店主帮我玩这套把戏。（对着店主）您
　　　　　听我说，东家！

店　　主　请说吧！

尼　　科　（跟店主一起分道走了出来）我想您不认识我吧？

---

* 即走运。

店　主　这是我第一次见到您！

尼　科　您搞错了，东家！我们一起喝过许多杯酒，对吗？

店　主　我不记得。告诉我您的名字。

尼　科　如果您把我的胡子一把拽掉，我想您就会看到藏在胡子后面从前耶维莱家尼科的面孔。

店　主　真是活见鬼！（互相握手）

尼　科　嘘，不要声张，东家！——我有一个巧妙而无邪的花招，不过我得请求您的帮助！现在让我们到您的前厅小房间里去，我把胡子刮掉的时候，您乘机把我的头发剪短，给我穿戴上另一件上衣和帽子。我在我的下巴留一小撮胡子，靠近左鼻孔我点个小黑痣，这样一来这个盗贼就化装完了。我就重新走进店堂，那两个家伙就会把我抓住，让他们用绳子把我捆绑起来，这没有关系，这样我就可以免费搭车回家啦！请您想一想：到那时，这里就会笑声一片，热闹非凡！

店　主　这一招也许，妈的，很巧妙，但你得注意，不要让这套把戏给你太多的折磨。你肯定会很快恢复你的本来面目，是吗？

尼　科　什么时候都行。我可不能因一些小麻烦而放弃这套把戏，再说，盗窃发生的时候，我正好在图尔库监狱里服刑，也就是说，我正好在吃水加面包，我是直接从英格兰坐船来到图尔库的。

店　主　好极了！我们就动手吧！

尼　科　等一等！（较大声地说）我该付你多少钱？

店　主　6个卢布，亲爱的客人！

尼　科　（付钱）好吧，再见！

店　主　祝你一路顺风！（尼科下）

依 法 利　我很想知道，那个长胡子的老头儿是什么人？

店　主　如果我没有记错的话，他是水手。（向窗外看了一眼）他的样子还是很像水手。

依 法 利　我觉得这家伙看起来不像水手，而像另外一个人。

店　主　我觉得他是个非常正派的人。（下）

撒 盖 利　让我们现在走吧，我的孩子！

依 法 利　往哪里走？

撒 盖 利　当然往家走，难道你不知道吗？

依 法 利　我决不回去！

撒 盖 利　你说什么？

依 法 利　我决不回去，撒盖利舅舅，我永远也不回家！

撒 盖 利　那你去哪儿？

依 法 利　去绞刑架！

撒 盖 利　孩子，你住嘴，别说这些东西！——嗨！你的情绪仍然很低落，尽管你已经喝了好几杯了。

依 法 利　现在一切都跟过去不一样，一切都前后颠倒，上下颠倒，就像耶维莱家老妈的布鞋。连人的足迹和老鼠的足迹都跟过去的形式不一样了。过去，我喝了两三杯后就会感到很高兴，叽叽喳喳像燕子那样喜欢讲话，但是现在，就是用长柄勺往我口里灌酒，我只是感到眼睛变得灰蒙蒙的罢了，我没有过去那种飘逸的感觉，

现在我只感觉到——

撒 盖 利 让一切烦恼见鬼去吧，我们会像天使那样顺顺当当地完成任务。事情会很顺利，妈的，非常顺利，用不着这样垂头丧气！

依 法 利 如果您能给我 10 克朗，那就万事大吉！

撒 盖 利 要我给你凑齐 10 克朗，那比上天揽月还要困难！

依 法 利 一车货物的钱以及村民托我买东西的钱，加在一起就是这个数目，而我们却把这笔钱全部喝光了！——不管怎么样，我必须用莱娜·加来的钱给她买打鸟用的子弹和火药，用安娜老妈卖鸡蛋的钱给她买半公斤鼻烟，给阿里家的玛依娅买半公斤咖啡和半袋白糖，给维劳莱宁家汉斯老头买一公斤烟草和三个俄式面包，还有许多其他的东西。愿上天宽恕我吧！我全都完了！

撒 盖 利 所有的东西都被强盗抢走了！

依 法 利 这种把戏持久不了。要是有人对我讲这一套东西，那我马上就会联想到别的，我很快就会猜想到事情的真相，我知道有的是像我这样聪明的人。不行，这种谎言救不了我们。我们在海门林纳寻欢作乐，这点许多人都可以证明，无论如何都是无法掩盖的，大家都会知道的！

撒 盖 利 但是请注意，到那时候，时间那冰凉的手就已经介入了，就像遥远的雷鸣声这件事的影响就会越来越弱，因此也许能想出新的办法，结果对大家都有好处。如果我们现在就把赤裸裸的真相告诉大家，这样一来火

药库就会立即爆炸，让我们赶紧躲开飞标吧！

依 法 利 这个飞标就是木棍儿！

撒 盖 利 只要我们正确使用我的妙计，那就用不着害怕。

依 法 利 坏点子！他们或许已经全都知道了。

撒 盖 利 不可能。现在让我们出发吧，我的孩子！

依 法 利 不！——给我10克朗！

撒 盖 利 我做不到！

依 法 利 您必须做到，否则我不让您过关。是您骗了我把我引入这条绝路的，现在您也应该帮我的忙！——给我10克朗，舅舅！

撒 盖 利 完全不可能！宁可要我的命！

依 法 利 好，就这样吧！用你的命来偿还这一切，我也是这样想的。现在按我的主意办，让我们俩乖乖地走向绞刑架吧。我们一定要结伴而行，直到死亡为止！

撒 盖 利 安静，依法利，安静！

依 法 利 那么就让我们保持安静，让我们舒舒服服睡一觉。愿上帝保佑，希望我们俩能挂在同一棵树上，为此让我们去找一棵树枝弯曲、结实并各方面都合适的松树。这是我们生命中最后的一项工作，在这个过程中，我答应先帮您这位老人，然后再照顾我自己。这次我不需要别人的帮助，我会像啄木鸟那样爬上光溜溜的树干。——现在出发，舅舅！

撒 盖 利 孩子！

依 法 利 您以为我在开玩笑，我的讲话听起来有点儿像开玩笑。

是啊，即使在死亡之火熊熊燃烧的时候，我也能插科打诨，面对着地狱之门我也能放声大笑，这就是我的性格。我的主意是不可动摇的。我就去死！一小时后我也许当作劈柴被扔到铁锅底下去。——让我走向死亡的黑洞吧！不过您应该先受到应有的惩罚！（举起拳头威胁撒盖利）以拳头的名义！对我来说，您是魔鬼，令人讨厌的黑暗之神！

撒盖利 （惊惶失措，朝门边后退）别，依法利，别这样！我要叫店主啦！（尼科走进店堂，他一头短发，下巴一小撮胡子，鼻孔左边一颗黑痣，头戴别人的帽子，身穿别人的上衣。撒盖利睁大眼睛盯着他看）

撒盖利 （自言自语）就是他！

依法利 （自言自语）一旦成功，就是 700 克朗！

撒盖利 （自言自语）天亮啦！

依法利 这是我的救命稻草！（撒盖利和依法利彼此传递暗示，依法利走向门边）

尼　科 店里有酒吗？

撒盖利 还用问吗？！这是酒店，快乐的酒店。（自言自语）我激动得满头大汗。只要现在一切顺利就好了！

尼　科 这家店的主人在哪里？

撒盖利 店主马上就来，请您稍等！

尼　科 我的时间很紧！

撒盖利 是啊，您连休息的时间都没有。——（自言自语）就是他！

尼　　科　今天天气很好！

撒 盖 利　（自言自语）大个子。我可迫不及待啦！（大声地）噢，
　　　　　天气还行！

依 法 利　（在门旁，自言自语）幸运之神，我求求你，你再让
　　　　　我看看你，再给我看一眼！只要一会儿就行，我求求
　　　　　你！——万事大吉！

撒 盖 利　对不起，请问客人来自哪个地方？

尼　　科　纳坦利！ *

撒 盖 利　您去哪里呢？

尼　　科　纳坦利！

撒 盖 利　您是回家，对吗？

尼　　科　从盖基湾城来，现在我正在回家的路上！

撒 盖 利　我想一定是很重要的事情让您不得不走这一趟，对吗？

尼　　科　我的姨妈去世了，我以为我可以继承她的遗产，但该
　　　　　死的！我回来时跟去时一样都是两手空空。她丈夫家
　　　　　的亲戚把一切都拿走了，还把我痛骂一顿，真是冤枉
　　　　　啊！不管在哪里，亲爱的朋友，邪恶皆在竭尽全力作祟。

撒 盖 利　我对您的遭遇深表同情。您一路都是走着来的吗？

尼　　科　跟耶路撒冷的鞋匠 ** 一样是走着来的。

---

　* Naantali（纳坦利）又称"太阳城"，离古都图尔库 20 公里，于 1443 年从图
　　尔库郊外的一所修道院发展而来的一座港口城镇。

　** 据说，耶路撒冷有个鞋匠名叫 Ahasvar（阿哈斯瓦尔），他不让前往
　　Golgotha 的耶稣在他的屋子门前休息，因此后来受到终身在世上行走不息
　　的惩罚。

撒盖利　背上没背囊，手里没包裹？

尼　科　穷鬼，穷鬼！

撒盖利　（自言自语）再也没有任何疑问！（挥动拳头，警告依法利，大声地说）法律和法庭是无私的,亲爱的朋友,请您把您的护照给我们看！

尼　科　我才不管护照呢，我们都是芬兰人，不是吗?

撒盖利　你是说我们的语言，但谁能保证你是芬兰人呢？我觉得我发现你讲话带有一定的口音。——给我们看你的护照,伙计！（尼科心神不定地向四周看了看）护照！

尼　科　恐怕你还读不了！

撒盖利　只要是我们的国语，我就看得懂。

尼　科　这是瑞典语！

撒盖利　不管怎样，给我们看！（尼科朝房门跑去，依法利和撒盖利追了过去。撒盖利大声喊叫）

依法利　站住，伙计！（三人一起你追我赶，绕着舞台转圈儿）

撒盖利　抓住他，依法利，死死抓住他！（店主上）给我绳子，东家！天哪，给我绳子和套索！

店　主　马上，马上给你！别让他跑了！（下）

撒盖利　把他紧紧抓住，依法利！别松手，别松手！

依法利　我不松手，就是把刀架在我的脖子上我也决不松手。

　　　　（互相扭打起来）

撒盖利　（带着抱怨的口气）他从我们手里逃跑了，他从我们手里逃跑了！大家快来帮我们！（店主拿着绳子上）

店　主　不要这样说，你这个刺儿头！（停止搏斗）你想逃跑,

没门儿，可怜的家伙！——乖乖地把手伸出来！

依 法 利　把绳子给我！（把尼科的手捆扎起来）

店　　主　好啦，我们的猎物已经掉进陷阱，动弹不了啦！哎呀，你这个老狐狸！（自言自语）该死的！他能闭住嘴就好了！

尼　　科　别捆得太紧！

店　　主　别把这个家伙的手捆得死死的！

撒 盖 利　就是要捆紧，这样他的手就动不了啦！——哈，这家伙就在我们手里了，这可是700克朗啊！

依 法 利　700克朗！（尼科突然冲向大门，撒盖利喊叫，众人追了过去，不让他逃走）

依 法 利　这样不行，我的孩子！

撒 盖 利　不要乱动！不然我要打你耳光！

尼　　科　好吧，我像绵羊那样乖乖的！——就这样吧，听其自然！悲哀不是我的本性。

撒 盖 利　你能告诉我们你的名字吗？

尼　　科　我的名字在护照上。

撒 盖 利　护照在哪里？

尼　　科　上衣里面的口袋里！

撒 盖 利　（把护照从口袋里拿了出来）好，好极了！这份护照要让你吃不了兜着走，因为很明显它是你用自己的手造出来的——护照我来保管！（把护照放进自己的口袋）

尼　　科　你们现在是不是打算为我好？

依法利　我要把你好好地放到车上，跟我们一起乘车回我的家，到家后我要把你交给我们教区的警长！

尼　科　为什么把我交给警长？

依法利　你为什么问这个问题？你知道得比我清楚。

尼　科　我不知道为什么，因为我跟天上的星星一样是洁白无瑕的！

店　主　哈，哈，哈！

撒盖利　（自言自语）无耻的家伙！我倒想嘲弄他一番。（大声地）我问你，伙计，你认识不认识一个外国大富豪？

尼　科　很多！

撒盖利　在芬兰吗？

尼　科　很多！

撒盖利　没错，没错！其中有一个富豪，他有很大一笔钱被偷盗了，因此我想问你是否认识那个大盗贼。

尼　科　我认识一个这样的人，他也许就在处理被盗的这笔钱哩！

撒盖利　这个人的长相如何？

尼　科　脑袋就像癞皮狗那样从头顶到额头全是光秃秃的。额头下面两只小红眼睁得大大地，右眼下面现在有块黄蓝色斑点，脸的其他部位像萝卜那样灰白，像烈酒那样苦涩。这就是这个人的长相。我可以保证，这是地球上最大流氓的长相！

依法利　这是舅舅的长相。哼！气死我了！但法律还从未因撒盖利的长相而判他是流氓。我为我的舅舅愤愤不平。

撒 盖 利　（对着尼科）你说我是小偷？

尼　　科　我说你是小偷了吗？

撒 盖 利　是我问你，你说我是小偷？

尼　　科　是我问你，我说你是小偷了吗？

撒 盖 利　你是这样问的，你这个大贼！

尼　　科　你拿出证据来，说我是大贼，你也拿出证据来！

依 法 利　（自言自语）希望是如此！

撒 盖 利　（自言自语）无赖！

依 法 利　舅舅，让这个无耻的家伙粉身碎骨！

撒 盖 利　不，依法利！我们为什么如此幼稚，因为这个小丑的
　　　　　　几句话而自找麻烦呢？——不过，这家伙的头脑的确
　　　　　　相当机灵。嘻嘻嘻！说真的，的确相当机灵，为此我
　　　　　　们让他喝一口吧！给他喝一口，店主，给他喝一口！
　　　　　　（店主在尼科嘴里倒了一口酒）。任何天才的表现，不
　　　　　　管大小，都应得到承认，没有别的办法！也许是微不
　　　　　　足道，但这是机灵的表现。所以，我们应该给他一口
　　　　　　酒以资奖励。——依法利！该走啦！现在我们高高兴
　　　　　　兴把家回，这点我是知道的，现在你是想回家了，而
　　　　　　刚才你还怕回家呢！真是瞬息万变呀！

依 法 利　刚才我是一贫如洗，而现在我成了拥有 700 克朗的富
　　　　　　翁！即使我的损失比现在大 10 倍，我还会怕回家吗？

撒 盖 利　我们像绅士那样回去喽！

依 法 利　他们要把我们当成老爷来欢迎！

撒 盖 利　万事大吉！——让我们赶快走吧！

店　　主　（自言自语）我想给这个玩笑再添油加醋。（大声地）
　　　　　　对不起，请你们注意：这家伙是在我的房间里抓住的，
　　　　　　逮捕过程中我也帮了你们，因此，我请求你们把奖赏
　　　　　　的三分之一给我。

依 法 利　去你的，店主！

撒 盖 利　给你5克朗！

店　　主　我的伙计，请记住，什么是公道！我要三分之一，我
　　　　　　不是白拿的。

依 法 利　见鬼去吧，店主！你这个魔鬼，难道你想在蓝色的火
　　　　　　焰中毁掉我的幸运吗？

撒 盖 利　轻点儿，我们在他的酒店里！（专门对着依法利）让
　　　　　　我来处理他！（跟店主一起走到旁边）四只眼睛之间，
　　　　　　要说什么做什么都可以，这点您是知道的，不是吗？
　　　　　　您听着：我是一个经过千锤百炼的男子汉，需要的时
　　　　　　候我能创造奇迹。——请您相信我说的。您再听着：
　　　　　　要是您不马上放弃您因这个犯人而提出的要求，那么
　　　　　　秋天某个夜晚，您的房子就会付之一炬，这是绝对肯
　　　　　　定的。——我可是个一触即发的炮筒子。

店　　主　（假装害怕的样子）如果我太鲁莽了，请您原谅。我
　　　　　　向上帝祈祷！

撒 盖 利　你真的不想掺和这件事啦？

店　　主　我一分钱也不要！

撒 盖 利　依法利，他说什么你听见了没有？

店　　主　我一分钱也不要！

依 法 利	对他来说，这是明智的举动。
撒 盖 利	现在参与这件事的只有我们两个人！
依 法 利	两个人！他们是谁？
撒 盖 利	当然是我和你。我们像兄弟一样共分这笔奖赏，每人350克朗。
依 法 利	我又要生气了！
撒 盖 利	你这个狡猾的狐狸，我们不是一起把他抓住的吗？
依 法 利	是我把他制服的，是我的马和我的货车把他运送到官府的！
撒 盖 利	难道我没有竭尽全力帮你吗？
依 法 利	你是帮过我的，所以50克朗应该归你。
撒 盖 利	一人一半，我的孩子，一人一半。
依 法 利	（一只手掐住撒盖利的脖子，另一只手举起刀子进行威胁）让您流出一桶血！
撒 盖 利	依法利！
依 法 利	见鬼去吧！刀子想干什么，我现在没法保证。
撒 盖 利	（跪倒在地）我为你祈祷，我为你祈祷。
依 法 利	我要让您流出一桶血！您好好想一想吧。
撒 盖 利	给我100克朗我就满足了。
依 法 利	50克朗。
撒 盖 利	就这样吧！
依 法 利	好极了！我们现在又可以一起继续往前走啦！
撒 盖 利	（自言自语）你这个坏东西，让魔鬼把你吞噬掉吧！——不过，我要通过法律讨回我应得的这部分钱。

依 法 利　　上车，小偷！

尼　　科　　我跟着你们，但请记住，我已经被捆住了，如果你们
　　　　　　不好好对待我，就让魔鬼来收拾你们吧。

依 法 利　　我要像对待国王那样把你运走，因为你是我的宝贝。

店　　主　　注意，别让他跑啦。你们要想想那份赏金——700 克
　　　　　　朗！

撒 盖 利　　是啊，700 克朗！

依 法 利　　700 克朗！

第 四 幕

（森林地带。台左有一条岔道，那里竖立着一根
路标。赛贝乌斯和图比亚斯从台右的小道走了过来）

图比亚斯　亲爱的领唱人，对我来说，这条岔道是个很有意义的
象征。您看，那右边的小道要比左边的岔道窄，左边
的岔道正等待着埃斯科迎亲回来，而沿着右边的小道
来迎接我们的是依法利和那个酒鬼 *。这个混蛋现在
还在城里办事，他离家已经有一个星期了。您想想，
他将带给我们什么样的麻烦呢？我们让他进城购买庆
宴所需的东西，玛尔塔一直等到昨天上午，然后老太
婆就突然不见了，她旋风般地从一家邻居窜到另一家，
折腾来折腾去，终于把庆宴用的，堆满食物的桌子安
排妥当，以便迎接宾客的到来。老太婆，我们家的老
太婆，还是很能干的，这点是不能否认的。

赛贝乌斯　让我们再说说你的小儿子吧，遗憾的是，他的确是很

————————

* 这里指的是撒盖利，依法利的舅舅。

糟糕，所有文明礼貌都被他从心中驱逐了出去。

图比亚斯 对于他我一点儿也不感到难过，因为他的人生最终会
是怎样我是知道的。他像他的叔叔，他叔叔年轻时也
是放荡不羁，但过了 30 年后，他现在是一滴酒也不喝。
他像他的叔叔，从他各方面的表现我已经看出这点来
了，因此我仍然希望他改邪归正。但不管怎样，回家
后等着他的将是一顿毒打。是啊，就让他尝尝木棒的
滋味吧，就让他好好反思一番吧。好，现在把这个混
蛋忘掉，让我们谈谈我的大儿子埃斯科吧。今天晚上
他给我们带来的将是欢乐。一会儿他将带着漂亮的妻
子来到这里。单簧管吹奏者安德累斯答应在这条岔道
上等着他们，然后在单簧管的吹奏声中把新郎新娘送
到我们的家。我们将跑过去迎接他们。领唱人先生，
您将在我儿子的庆宴上吟唱有关饮食的圣歌，以便增
添喜庆的气氛。——让我们走吧！（他们俩下，米科
和埃斯科上。埃斯科背的褡裢是空无一物，米科坐在
石头上）

米　　科 我是累得像头狗！

埃 斯 科 我是饿得像头冬天的狼。不过，不管怎么样，当我不
禁想起这次迎亲过程中所受到的不计其数的烦恼时，
顷刻之间饥饿的嘴巴就被堵住了。

米　　科 忘记过去的一切，你这样便宜就摆脱出来了，真该好
好感谢上天。在加利的巷道里他们离你已经不远了，
你要是在那里就被抓住的话，我想你现在也就不可能

在这里摇摇摆摆地走着喽。

埃 斯 科　我对自己的所作所为仍然不后悔，因为这桩无耻的骗局对我的打击实在太大了。加利家被我推倒的饭桌，被我打破的窗户和被我砸坏的戴姆小提琴，这一切一点儿也没有使我感到内疚，不过另一方面，当我想起已经离开三个多星期的家时，我心中就十分难过。——米科！我的心情几乎跟杀人犯的心情一样。跟我聊聊高兴的事，米科·维尔加斯，让我乐而忘忧吧。

米　　科　你是不是想听听蒙克豪斯先生历险的故事*？

埃 斯 科　是啊！——不，什么都不要说了，现在我什么都不想听，我只想把自己变成一个无声的雕像，忧伤地矗立在路旁，让我长眠于此，这样我对因这次迎亲而引起人们的笑声就会一无所知。——我的天哪，米科！要是我现在是一个处身于美洲某个峡谷里的山地人有多好啊！

米　　科　如果我还保留蒙克豪斯先生具有魔力的弹弓，我们就能马上到那里去。几年前我就是这个弹弓的主人。我用弹弓进行了好多次有趣的旅行。我比蒙克豪斯更会利用这个弹弓，我骑着弹弓想到哪里就到哪里。

埃 斯 科　你在说谎，俗话说，你的谎言留下很短的痕迹，一触即穿。

米　　科　不会留下任何痕迹。我像弓箭一样飞速地穿过空气。

＊　1856 年芬兰出版了《蒙克豪斯男爵历险记》，所以关于蒙克豪斯历险的故事在老百姓中广为流传。

此时此刻我们在这里，但一会儿我们俩就处身于美洲大陆。我先骑着弹弓飞到那里，然后你马上跟着过来。

埃斯科 等一等，伙计，我怎么跟着你来呢？因为你有弹弓。

米　　科 你跟着来拿弹弓，然后你自己骑着弹弓从这里飞到美洲。

埃斯科 如果你是真心诚意的话，愿上帝保佑你的理智，伙计！不过，如果你的头脑有点儿糊涂的话，我也不会感到有什么奇怪，因为我自己的头脑也几乎是如此，我们俩是风雨同舟。你必须算清你的账，其他的都由我来负责。现在的问题是，我们敢不敢朝着家前进。

米　　科 伙计，你怕谁？

埃斯科 你是知道的，我有个像熊一样厉害的母亲，跟她开玩笑是不行的。

米　　科 嗯，嗯，一头雌熊，屁股后面跟着两个小熊，跟她开玩笑的确是不行的。

埃斯科 我知道很少有男人可以跟她相比，不过我也知道我能胜过她，但我不想伸手打她，因为做母亲可是一件神圣而高尚的事啊！

米　　科 我觉得，正是她，把你们的家安排得井井有条，把你们都教养得规规矩矩。

埃斯科 我有一个秘密想告诉你。——我的母亲有一根木棒，有这样长，不管是父亲，还是儿子，我们都怕这根棍子，因为，说真的，有时候我们是一个人挨打，有时候是两个人甚至全家都挨打。我可以预料，这次我一回到

家就会掀起一场木棒大战。我可以肯定，我的脊椎骨
可要为这次不幸的迎亲事件而付出代价喽。

米　科　但是，正像有理智的人那样，让你的父母记住：事物
并不总是按希望的那样发展，子弹并不总是击中目标。

埃斯科　你说得对。子弹并不总是击中目标。不过，当我们看
到所谓婚事的真相后，我们本来应该转身往回走，这
样从离家那时算起第三天或第四天我们就该回到家
了，可是我们这次路上耽搁得如此之久，这个该怎样
解释呢？你想一想，现在我们已经耽搁了三个星期，
这一切就是因为你，米科。你像被教区赡养的老人那
样从一家亲戚走到另一家亲戚，从一家酒店走到另一
家酒店。你看，我又不好意思抛下我的媒人不管。

米　科　埃斯科，就说我在路上生病了，因此我们耽误了旅程。

埃斯科　但是钱呢，是怎么花的呢？

米　科　给护士了。

埃斯科　你生病的时候，我又做了些什么？

米　科　那你坐在我的床边哭泣，你就说你不愿意抛下你那忠
实的媒人。

埃斯科　这种谎言不可能永远帮我们的忙，再说，你是知道我
那神圣的誓言：我决不穿着谎言的鞋子走路。——说
真的，让我们做好准备，接受给我们的惩罚吧！

米　科　你去接受吧，我可不让你母亲用木棒打我。

埃斯科　那么你不打算跟我一起回家啦？

米　科　我不想挨揍。如果我跟你走，那么我也必须说实话。

如果他们问我发生了什么事情，我就全都说出来。遗憾的是，我将不得不用你在加利家的暴力行为来结束我的讲述，我将不得不提到被你推倒的桌子，被你砸破的小提琴和窗户。

埃斯科　你用不着说这些，你只要说在我推倒饭桌之前不久我们就离开了加利家。

米　科　你假装是你的母亲，你问我我们是什么时候离开加利家的。

埃斯科　米科·维尔加斯，你什么时候跟我儿子埃斯科一起离开加利家的？

米　科　在埃斯科推倒饭桌之前不久我们就离开了加利家。

埃斯科　米科，这儿不能开玩笑。——你要说，大家去收割牧草时我们就离开了那里。

米　科　别教我撒谎。

埃斯科　在这之前你撒谎撒了不知道有多少次啦，不会伤害任何人的。

米　科　你不知道吗？一二秒之前我立下了神圣的誓言：我决不穿着谎言的鞋子走路。

埃斯科　你不能把我的事情搞砸了，你不能这样做。现在我们只能一起到我父亲的家去，我们要设法让一切都对我们有利。——不过，你在这儿等我一会儿，你看，我想采一袋石松草，我知道离小道不远的林子里就有这种东西。

米　科　你用石松草干什么？

埃 斯 科　　我是带给我母亲的，这样做可以稍微压住她的怒火。

米　　科　　你母亲用石松草干什么？

埃 斯 科　　我想告诉你另外一个秘密。你是知道的，我父亲有时
　　　　　　候喜欢喝上两口，这样一来，干坏事的欲望往往占了
　　　　　　上风，但是这个时候母亲会在淡啤酒里掺一些石松水，
　　　　　　喝上一口就可以马上让老头子上床睡觉，结果他就会
　　　　　　出汗、喘气、呕吐，像屠宰场里的公牛那样转动他的
　　　　　　眼睛。然而，这种情况只能持续几个小时，过后他就
　　　　　　又苏醒了，不过你可以相信我，这样一来，父亲对酒
　　　　　　就会好几个月连看都不看。然而，习惯成自然，随着
　　　　　　年龄的增长，他需要的剂量就越来越大。老太太对石
　　　　　　松草的需求也与日俱增，因此我觉得给她一袋石松草
　　　　　　她一定会很高兴。我或许找到了一个很好的补救办
　　　　　　法。——在这儿等我一会儿！（下）

米　　科　　（独白）让我等你，还是让我现在乖乖地靠边站然
　　　　　　后回我自己的家？不过这样做有点儿像小偷耍的花
　　　　　　招。——我等你，不过当你回来时，我要在我们之间
　　　　　　制造一个小小的矛盾。理由总是能找得到的。是的，
　　　　　　我要制造矛盾，然后我就可以让你听天由命啦！我不
　　　　　　跟你一起去荒原鞋匠的家，我不再跟着你了。（克里
　　　　　　斯多上）嗨，克里斯多！你去哪里？

克里斯多　　去参加埃斯科的婚礼，我后面还有很多年轻人。

米　　科　　媒人在这儿！

克里斯多　　新郎在哪里？

米　科	在树林里。	

米　科　在树林里。

克里斯多　新娘呢？加利家的柯丽达在哪里？

米　科　在她丈夫的怀抱里！

克里斯多　我的天哪！他们俩真是如胶似漆，亲密无间。而你在这儿守望着，等这对夫妻从林子里出来，对吗？

米　科　不是一对儿，只是一个人，埃斯科一个人，就像一只不分左右的鞋楦。——他就坐在那儿，把石松草塞进他的布袋里，给他母亲作为补偿，他很怕他母亲生气，因为他迎亲路上耽搁太久了，而又没有带着年轻的妻子回家。

克里斯多　噢，我的妈啊！究竟是怎么一会事儿？难道他没有得到柯丽达吗？

米　科　木鞋匠把她抢走了。当我和背着干粮的埃斯科到达加利家时，他们的婚礼正在进行中。有趣的是，他们竟然还邀请我们参加婚礼，我们很高兴地接受邀请，并且让一切都进展得很顺利。

克里斯多　（哈哈大笑）太棒了，太棒了！后来呢，米科？

米　科　我们在回家的路上一直耽搁到现在，从一个好玩的地方走到另一个好玩的地方，办婚礼的钱越花越少，如今连一分钱都没有了。

克里斯多　埃斯科也喝酒了吗？

米　科　他一滴酒都没有喝，但我到哪里，他都老老实实地跟着我到哪里，因为他觉得对新郎来说把媒人丢下不管是一种耻辱。不过他的确常常惹人生气，说话就像公

鸡叫，可是我并不在乎，我仍然纵酒狂饮，这三个星期就像装在麻袋里似的迷迷糊糊地过去了。——克里斯多，这就是荒原鞋匠埃斯科的迎亲之行。

克里斯多　当我听到了一些有关新娘家的情况后，我从一开头就多多少少猜到事情会是这样的。因此，我现在要竭尽全力，尽快与雅娜结婚。我要把鞋匠告上法庭，我和雅娜的婚事已经宣读了两次，但我们的牧师长对工作也太认真了，他还要求图比亚斯提交允许我们俩结婚的证明，所以至今还没有进行第三次宣读。——现在埃斯科的婚事确实按我所希望的那样结束了，但事情还有可能突然起变化。现在埃斯科两手空空地回来了，一想起我快拿到 500 克朗遗产，他母亲会一气之下替埃斯科娶个最蹩脚的女子。这种事情很可能在牧师长等待图比亚斯开具结婚证时发生，这样一来，我最终就什么也没有了。要是姑娘的父亲在这儿就好了，对于姑娘的婚事他是最有权威的人，这样就会万事大吉。这个星期日，一定要进行第三次宣读，并且同时举行我们俩的婚礼。

米　科　我预测你会成功的！

克里斯多　如果你的预测是正确的话，那么你就是我们婚礼上的最佳宾客！

米　科　希望如此，根据他的记忆解读《圣经》时，埃斯科说"心想事成"。今天他家大摆婚宴，等着这个帅气的新郎回家呢。——你看，克里斯多，事情安排得多么巧

妙啊！就在这一天，大家都等着我们带着年轻妻子回来，但实际上我们回来时是满身污泥，饥肠辘辘。对女人们来说，埃斯科跟离家时一样洁白无瑕。

克里斯多　一切都好！我们到了鞋匠家就有好戏看喽。米科，我跟您一起走，另外我还要经受这个母老虎的怒火呢！

米　科　如果你能在埃斯科前回到家，通知他们迎亲的人快到了那就更好了。告诉他们我们将在贝尔塔拉庄院稍微休息一下。

克里斯多　好吧，我就这样做。我要让他们出洋相，让他们惊讶得瞪大眼睛。你们要尽早跟上来！（下）

米　科　（独白）你可得等我一下喽，因为我还不想就这样轻轻松松地接近这位大名鼎鼎的鞋匠老婆玛尔塔。坦白地说，我怕她超过怕魔鬼。难道会有人不怕她吗？嗯——我回我自己的家喽。我要把埃斯科背着褡裢代表我和他自己送进那黑熊的嘴巴。——他还在林子里。（大声呼叫）埃斯科！

埃斯科　（声音从树林里传来）我马上就来！

米　科　你从那里回来后，我要让你喝得饱饱的。回到家后，我要让你的家人看明白，把钱喝光的并不是我一个人！——（埃斯科上，半截布袋已经装满了石松草）

埃斯科　树林里石松草真多啊！

米　科　（把酒瓶递给埃斯科）给你，伙计！我刚刚喝过！

埃斯科　你这是什么意思？

米　科　你也好好喝一口！

埃 斯 科　我?

米　　科　就是你!

埃 斯 科　你是知道的,迄今为止我的嘴唇从来也没有沾过一滴
　　　　　酒。

米　　科　那今天就让它尝尝酒的滋味吧!

埃 斯 科　让我喝酒? 不行! 相信我,米科·维尔加斯,我几乎
　　　　　不知道酒是什么味道的。

米　　科　现在你尝一尝就知道了。从那个亮晶晶的酒瓶里喝一
　　　　　口!

埃 斯 科　我是尽心,尽性,尽意*痛恨酒瓶子!

米　　科　这是因为你没有尝过瓶子里的东西。

埃 斯 科　那基宁家的老叔叔,他禁止喝酒,痛骂烈酒。他把酒
　　　　　称之为水井深处的毒液。

米　　科　你别难过,可是他又开始喝酒了,而他却把酒称之为
　　　　　高山顶上的蜂蜜。

埃 斯 科　但他咒骂烈酒,他把酒瓶叫作魔鬼头上的角。

米　　科　你别难过,可是他又开始喝酒了,而他却把酒瓶称之
　　　　　为上帝的恩赐。

埃 斯 科　你说得太荒谬了,米科! 烈酒不需要有人给它辩解。

米　　科　是的,正当的事儿压根儿不需要有人辩解。

埃 斯 科　酒这个东西,该死的东西! 据说是一个医生发明这玩
　　　　　意儿,让酒见鬼去吧! 要是这个医生在这儿,我就马

＊　见《新约·马太福音》第 22 章第 37 节,耶稣对马太说　"你要尽心,尽性,
　　尽意,爱主你的神。"

　　　　　上把这家伙绞死!

米　　科　那我就在他前面上绞刑架。不过，要是我喝得有点儿
　　　　　醉醺醺，酒会给我勇气，即使大难临头，我们也能对付，
　　　　　我们一边唱着歌，一边奋力拼搏。你即将面临你那母
　　　　　老虎般的母亲，你现在正需要这样的勇气。为了这个
　　　　　缘故，你就喝吧!

埃 斯 科　喝了有用吗?

米　　科　太有用了。喝吧!

埃 斯 科　我不喝!

米　　科　那我们就分手，我不再跟着你啦。再见! (打算离开)

埃 斯 科　站住，伙计，站住! 没有你陪伴我就不回家啦!

米　　科　你想不想喝?

埃 斯 科　把酒瓶给我! 就让这是第一次,也是最后一次。(喝酒)

米　　科　(自言自语) 好极了!

埃 斯 科　你看见了吗? 我喝了。

米　　科　既然这是第一次也是最后一次，那你就再喝几口吧!
　　　　　(埃斯科喝酒，米科自言自语) 好，就这样吧! 现在
　　　　　斗斗嘴，一会儿就分手。

埃 斯 科　难道我没有喝吗?

米　　科　你喝了，这是非常必要的，现在你可以勇敢地接受你
　　　　　母亲给你的惩罚喽。你必将遭到一顿毒打，这是必然
　　　　　的，你可以确信!

埃 斯 科　米科·维尔加斯可不是算命先生。

米　　科　用不着是算命先生我就能预测到你必将挨揍。不过,

这不成问题，因为你头脑里现在有一个很奇特的玩意儿。就让它生效吧，这样一切都会很顺利的。

埃 斯 科　那么你相信我今晚必将挨揍，这个你确信，对吗？

米　　科　是的，这个我确信！

埃 斯 科　而你感到兴高采烈，对吗？

米　　科　新郎挨揍，媒人会感到高兴吗？

埃 斯 科　那你为什么要这样说？

米　　科　很遗憾，这是我从内心深处很痛苦地说出来的。

埃 斯 科　好，就这样吧！我将挨揍！那你呢？

米　　科　我就得自己照顾自己，没有别的办法！

埃 斯 科　好，就这样吧！不过，我们两个人，对这一切究竟谁该负责，我还是你？

米　　科　我不知道，不过我是无辜的。

埃 斯 科　无辜的？这次漫长的来回路程都要怪你。你像吉卜赛人那样从一家走到另一家，而我成了你的跟屁虫。

米　　科　吉卜赛人！你这个混蛋。你想想，一路上你辱骂我的次数太多了！天哪，我心里多么难受啊！

埃 斯 科　凭你的良心你能不能说我们现在遇到的麻烦不能怪你？

米　　科　怪我！怪我一个人？

埃 斯 科　是你把所有的钱都花掉的！

米　　科　大部分钱是花在旅店里，在那里我们吃饭就像大富豪那样，另外还要加一瓶啤酒。你是知道的，这样的饭菜要花很多钱。——我们住这样的旅店要怪谁呢？难

　　　　　　道不怪你吗？

埃　斯　科　我只是想在结婚证上画上我的记号就了事，因为只有
　　　　　　那里才有结婚证。但是干完后，我们并没有马上离开
　　　　　　那里继续往新娘家走，为什么呢？

米　　　科　这一切跟这个无关。问题是，我们是拐进旅店里去的，
　　　　　　这要怪谁？

埃　斯　科　好了，好了，现在钟表里发出的是什么声音！？

米　　　科　钟表里！我的声音是不是钟表的声音？你这个诡诈
　　　　　　的、愚笨的鞋匠儿子，我的声音是不是钟表的声音？

埃　斯　科　声音是来自上帝的礼物，唱歌的声音也是如此。——
　　　　　　不过，请你正确理解我的比喻，因为我常常通过形象
　　　　　　和比喻来表达我的意思。现在我想说的是，人的思想
　　　　　　是如何改变的，如同树林里听到的牲畜身上的铃声那
　　　　　　样，既有很沉闷的声音，也有很清脆的声音。

米　　　科　你这头蠢猪，你听一听这个铃声！

　　　　　　　　（打了埃斯科一记耳光，然后撒腿就跑了。埃斯
　　　　　　科奋起直追。——裁缝安德累斯腋下夹着黑簧管上）

安德累斯　（独白）我必须在这儿等迎亲队伍。当他们最终到来
　　　　　　之后，我必须跟着他们一起走向鞋匠的家，这就是老
　　　　　　头子的安排。不过，我是否必须手里拿着口哨站在这
　　　　　　儿等他们呢？即使等到半夜也必须这样做？——嘘，
　　　　　　安静！他们到了，至少新郎是到了。我想吹一小段，
　　　　　　向他致敬。（埃斯科上，安德累斯向他吹了一两段）

埃　斯　科　你看见米科·维尔加斯了吗？

安德累斯 您的媒人？他没有跟您在一起？

埃 斯 科 他像狼丢弃狼崽那样把我丢掉了，走的时候还给了我一记耳光。

安德累斯 你们这样怒气冲冲地分手，为什么？

埃 斯 科 他是一只短喙鸟，很容易生气，不允许别人谴责他的罪孽。他打我的耳光。好啊！——如果我能抓住他，那么连本带利我全都可以付清了。可是每当危险来临，他总是撒腿就跑，溜之大吉。所以，他的名字叫维尔加斯（意为快捷），这的确不是白叫的。

安德累斯 骗子，这个家伙是个骗子！——我被邀请去参加你们的婚礼，当吹鼓手。他们叫我在这儿等你们。现在我见到你了，但没见到你的新娘。

埃 斯 科 根本就没有新娘。结婚前她就把我甩了，她又找了另外一个人。可恶的骗局，无耻的骗局！但我一定要跟他们打这场官司。

安德累斯 她找谁了？

埃 斯 科 她找了个木鞋匠，我们还参加了他们的婚礼。

安德累斯 我对你的失败深表同情，因为这对你的伤害太大了。

埃 斯 科 无法形容！——米科，这个恶鬼，他竟然从我的手中逃跑了。我本来应该像这样，这样收拾他！（他开始有点儿魂不附体）

安德累斯 大骗子！——姑娘钱不多，那有什么关系呢？歌中唱道："如果我们只有爱情，那么上帝就有财富。"我觉得情况的确是这样。你也相信吗？

埃 斯 科 　很可能是这样。——我也要把米科告上法庭。你也许在树林中间看见他打我的耳光?

安德累斯 　我没有看见!

埃 斯 科 　你要说实话!

安德累斯 　我没有看见,我没有看见!

埃 斯 科 　你想一想,你是要把你的两个手指头放在《圣经》这部书上的啊!

安德累斯 　即使是这样,我仍然是没有看见。为了上帝,请不要把我告上法庭,我害怕法院跟我害怕地狱一样。

埃 斯 科 　让我再考虑考虑。——不过,我也许现在要死了!

安德累斯 　上帝保佑我们! 你为什么要死呢?

埃 斯 科 　我觉得我的肉体和灵魂跟空气融为一体了。

安德累斯 　你没有散架,你还是一个整体!

埃 斯 科 　我后背插上了翅膀,屁股上有条长尾巴,我飞起来啦!

安德累斯 　你还站在地面上,你跟我一样,你这个有罪的人啊!

埃 斯 科 　我在空中,听不到你的声音。你在说什么?

安德累斯 　你还站在地面上。

埃 斯 科 　但我的灵魂在天顶旋转。

安德累斯 　你让我感到很难过!

埃 斯 科 　这太好玩儿啦! 天和地在翻筋斗,你,裁缝安德累斯,你像集市上的猴子那样在我的眼睛里旋转。不过,不管怎样,我想亲吻你。是的,这就是死亡,我有魔鬼般的勇气。嘻! 现在我在跟罗马军团作战!

安德累斯 　你是不是喝酒了,伙计?

埃 斯 科　我连酒都喝了。刚才我从米科的小酒瓶喝了两大口。——现在大限已经来临，有朝一日我们所有人都要死的。相信我！

安德累斯　埃斯科，你以前喝醉过没有？

埃 斯 科　说真的，我以前从来也没有喝醉过！

安德累斯　你现在喝醉了，我的朋友！

埃 斯 科　这就是喝醉酒了？

安德累斯　就是这样，毫无疑问！

埃 斯 科　如此美妙，如此飘飘然，使人如此胆大无比！我真希望我能怀抱整个世界，这样我就像亲吻亲爱的兄弟那样亲吻它。我的天哪，我真想飞跃到那棵松树的尖顶或者坐到那片弯月般的云彩上，然后又飞落下来，像雷神的铁锤那样钻进地球的核心。生命是欢乐之火！安德累斯，我们是什么，我们是什么东西，为什么上帝要关怀我们？——嘻！这里是来自柯考拉乡的孩子。不是吗？裁缝，你说什么啦？

安德累斯　我什么也没说。

埃 斯 科　裁缝是不是比鞋匠好？

安德累斯　在这个世界上两者都需要！

埃 斯 科　你习惯于批评鞋匠，而把裁缝置于鞋匠之上，但是你看，如果没有靴子，或许也就没有脚了。这方面对你来说，一只钉鞋和两只钉鞋是一样的。

安德累斯　你想在我们之间挑起口角和争吵。就这样吧，我理解，但我什么也不说。

埃 斯 科　我们不吵，因为今天是大喜的日子。（用牧师布道时的腔调说话）"我的灵魂，尽情欢乐吧！让我把你放在公牛背上，公牛把你送到山丘顶上。"我真幼稚，我怕回家，好像我需要这样做似的。让家见鬼去吧！世界是如此广阔，哪里都能找到面包。

安德累斯　你还是乖乖地回家吧，埃斯科，对你来说，这是最好的选择！

埃 斯 科　再也不往家走了，我要转身走向世界，走得越远越好，比牧师府老夫人所梦见的遥远的金色荒原还要远。——请向他们问好，请代我向他们表示感谢，感谢他们对我的培育，请告诉他们，我一路上在为他们祈祷，我像头公羊那样非常开心。（自豪地摆动脑袋）"我的灵魂，尽情欢乐吧！让我把你放在公牛背上，公牛把你送到山丘顶上。"好，就这样吧！加利的搁板上有 10 把汤匙，我数了一下。——安德累斯，尽情欢乐吧！——你看，我跑得有多么快啊！（急急忙忙跑步下）

安德累斯　（独白）我开始对他害怕起来了。他是非常任性，非常倔强。（埃斯科又跑回来了，头上没有帽子，一只脚上没有鞋）

埃 斯 科　我主基督，安德累斯，难道一定要撞得头破血流吗？

安德累斯　你的情况怎么样？你没有帽子，少了一只鞋！

埃 斯 科　就这样吧！

安德累斯　我们去找一找吧！

埃 斯 科 不用去找，就让它们留在树林里吧！难道我还在乎一顶帽子和一只鞋吗？真见鬼！要是我真的生气起来，那我会把所有衣服全都扔掉，100 个铜钱把我自己卖给俄国佬！

安德累斯 听话，我的朋友！听起来好像你的理性又回来了。——让我去找你的帽子。

埃 斯 科 不要去找，否则我们就要反目成仇。

安德累斯 你敢面对世人吗？

埃 斯 科 我有这个头发就行，尽管你曾经嘲讽过我的头发。这个我一直记得。

安德累斯 那时候我有点儿喝醉了。

埃 斯 科 你嘲笑我，因为我有一头毛发竖立的头发。这是男子汉和急脾气的标记。你还嘲笑过我的眼睛，你说它们圆圆的，是猫头鹰的眼睛。好吧！你再看一下这双眼睛！

安德累斯 我已经看见了！

埃 斯 科 再仔细看一看，不要说话，盯着我的眼睛看。赶快，否则你就要倒霉了，安德累斯！

安德累斯 我看。（大家一言不发，然后互相盯着对方的眼睛）

埃 斯 科 好，眼睛就是这样的。摸一摸我头上的头发！

安德累斯 为什么？我看见头发都竖起来了。

埃 斯 科 没关系，你摸吧。不要敬酒不吃吃罚酒。

安德累斯 你真是个怪人！

埃 斯 科 这样的头发。把你的手放到这儿来，它不会咬你的！

安德累斯　那你这是什么意思？

埃 斯 科　我自己也不知道。不过，要是你的后背痒痒的话，那你就赶快这样做。

安德累斯　我摸！（他摸了一下）

埃 斯 科　再摸一下！（安德累斯又摸了一下）好，再摸第三次！

安德累斯　你是在耍弄花招，伙计！我已经摸过了。

埃 斯 科　再摸第三次！

安德累斯　我好可怜啊！我到底怎么啦！

埃 斯 科　第三次，快摸吧！

安德累斯　我摸！（他又摸了一下）

埃 斯 科　好，我的头发就是这样。就跟眼睛一样头发也是长在我自己的身上。

安德累斯　我从来没有想到你是这样一个狠心肠的人！

埃 斯 科　倔脾气。

安德累斯　我也从来没有想到你是这样一个容易生气，诡计多端的人！

埃 斯 科　我的天哪！对待我的时候，整个世界都好像走火入魔啦。（一把抓住裁缝的领子）加利骗了我，我的新娘骗了我，说我是无耻，他们像追赶村里的狗那样把我一直追到巷道里。他们就是这样对待我的。米科·维尔加斯是一个恶鬼。他把钱喝光后还打我的耳光，然后像野兽那样溜之大吉。再说，我们之间也有旧仇。

安德累斯　别使劲掐我的喉咙！

埃 斯 科　我主基督，裁缝！米科·维尔加斯刺痛了我的心。（越

来越使劲地掐安德累斯的喉咙，而他则使劲反抗）

安德累斯　别掐我！

埃 斯 科　让你知道一下，裁缝！

安德累斯　救命啊！

埃 斯 科　我就是这样对付像你这样的人。你瞧！（把裁缝推倒在地，裁缝晕了过去，一动不动地躺在地上）烦恼接踵而来，最终理智殆尽。（看了一眼裁缝）他像石头那样一动也不动。请想一想，如果——（把他摇动一下）站起来，裁缝，我们重归于好吧！——他不再呼吸啦。这下就完了！一个进棺材，另一个进牢房。这就是这次迎亲的结局。他死了！木已成舟！（依法利、撒盖利和尼科乘着马车上，所有人都坐在马车上）快来人！看看我犯下的滔天罪行。

撒 盖 利　停住！（依法利把车停住）这里出什么事了？

埃 斯 科　快来，快来看仇恨和罪恶所结的果实！

依 法 利　我的哥哥埃斯科！你干什么坏事了？

埃 斯 科　木已成舟！

撒 盖 利　全体下车！（所有人都走下车来）。把棕色马绑在那棵松树旁。（依法利把马牵到右边。撒盖利一边拉着绑在尼科脚上的绳子，一边向埃斯科走了过去）埃斯科，我姊姊的孩子，你干什么了？

埃 斯 科　你好！——我干的事儿就在那里。裁缝正躺在那里，他是我仇恨的牺牲品。不过这是对我的惩罚。（依法利上）

依 法 利　你是不是把裁缝杀死了？

埃 斯 科　你好！尽管现在已经是晚上了。——是啊，依法利，你比我小，你应该吸取我的教训，决不能放荡不羁。——我把人杀了，这是对我的惩罚。唉，可怜的裁缝，我怎么能用他的生命来惩罚我呢！（撒盖利对埃斯科交头接耳地说了几句，埃斯科快跑起来，但跑了四五步后又转身回来了）不，舅舅，我不想逃跑。上帝惩罚我们时我们的心情会好过些。所以让我戴上脚镣手铐吧，因为对我来说这是罪有应得。然后把我流放到西伯利亚，俄国政府就是往那里输送自己的国民。醉意就像风中之尘已经轻轻地飘过去了。我现在已经完全清醒了。（安德累斯动了一下）裁缝还活着！我的朋友，安德累斯！

安德累斯　（深深地叹了口气，接着就坐了起来）我们还在这里？

埃 斯 科　在这里，我的朋友！不过，你还活着我们应该感谢上帝！我从内心深处请求你饶恕我，裁缝！

安德累斯　我到遥远的地方走了一趟，说的是外国话，看到很多奇迹。埃斯科，你掐我的喉咙有多长时间？

埃 斯 科　不到 3 分钟！

安德累斯　至少有 30 年！

埃 斯 科　不，不超过 3 分钟，你相信我说的！

安德累斯　瞧，这又是奇迹！

埃 斯 科　站起来吧，我的兄弟！（帮安德累斯站了起来）现在感觉怎么样？

安德累斯　我现在很健康，头脑也很清醒！

埃 斯 科　很健康，头脑也很清醒！这真太幸运啦！——不过，
　　　　　倘若你要上法庭告我，那我就要倒霉了。

安德累斯　不，我不会告你的。

埃 斯 科　掐别人的喉咙，这是禽兽的行为，应该狠狠地揍我一
　　　　　顿，没有关系。不过我要为你祈祷，不要因为这件事
　　　　　而把我告上法庭！

安德累斯　我不告你，我不告你。

埃 斯 科　你真是个好人！我该如何报答你呢？

安德累斯　用不着这样做！

埃 斯 科　你是个品德高尚的人！我愿终身免费为你做靴子。

安德累斯　如果你愿意这样做的话！

埃 斯 科　我愿意这样做！——你们看，舅舅和我弟弟依法利，
　　　　　天意帮我逃脱了这场厄运。——那么你们是从哪里来
　　　　　的？这一位是谁？

撒 盖 利　我们是从城里来的。

依 法 利　这位是我的朋友，他使我们福星高照。

埃 斯 科　舅舅为什么要用绳子把他捆住？

依 法 利　友情的纽带，难道你看不出来吗？

埃 斯 科　请你们解释一下，好吗？

依 法 利　你没有注意到他的短发，他的尖胡子和他鼻孔旁的黑
　　　　　痣？

埃 斯 科　那个大盗。

撒 盖 利　就是这个混蛋！

依 法 利 我们在中途酒店智取了这个家伙。

埃 斯 科 真是走运!

依 法 利 700 克朗。

埃 斯 科 （自言自语）真是走运! 这将给我父亲的家带来一股欢乐的气氛，而我也同时得救了。

撒 盖 利 但是，听说今天要为我姐的儿子举行婚礼后的晚宴，对吗?

依 法 利 是啊。你为什么站在这儿?

埃 斯 科 你还要问吗? 我可是倒霉透了。他们用欺骗的手段把我的新娘给了另外一个人，我只得转身往回走，我还是个光棍儿。我直到现在还在回家路上，这都是米科·维尔加斯的缘故。我也被他骗了。母亲给我的结婚费 12 克朗全部被他喝光了，他还打我的耳光，然后就溜之大吉。这事就发生在这里。我决定不回家了，而是漂流四海，但我觉得现在情况完全不同了。

依 法 利 现在你根本不用发愁! 我们也遇到了厄运，但这个幸运之鸟（指了指尼科）可以使我们时来运转。现在我压根儿不怕回家，让我直说吧，我们把所有的钱全都喝光，但我们却有了 700 克朗，让大家在我们父亲的小屋里高声欢呼吧!

撒 盖 利 因此不要对大家说我陪着你在城里一起酗酒滋事!

依 法 利 我不会这样做的，我只会说我是在出城时海关关卡处才遇见您的。您可以放心，舅舅，我会拯救您的脊梁骨。

撒 盖 利 我的脊梁骨?

依法利　是的，您的脊梁骨以及埃斯科和我自己的脊梁骨！

埃斯科　哎哟！这个变化太奇妙啦！现在我们就像凯旋的战士那样盼望着早日回家。然而如果没有天助，我们是不会如此走运的，因此让我们感谢天命吧！

依法利　让我们感谢天命吧，为了拯救我们这批可怜的人，天命让我们抓住了这个家伙。——但是我现在是饥肠辘辘，你的背囊里还有吃的东西吗？

埃斯科　吃的东西一点儿也没有了，里面只有石松草。——我也饿得够呛。去他妈的！像一头猎犬那样我或许闻到了路人背的干粮袋里所散发出来的面包味儿。我完全认识刚出炉面包所散发出来的香味儿。说真的，我的弟弟，我记得我从来也没有饿得这样厉害过。但让我们再忍受一会儿吧，我们的母亲很快就会给我们吃的东西的。

依法利　就像她对待乖孩子那样，她一定会给我们吃黄油面包。——让我们快马加鞭，奔向我们的家！我去把马牵过来。（准备走向右边）但请您小心，舅舅，不要让这个金娃娃跑掉了。如果您让他跑了，那我们俩就全都完蛋了。（下）

撒盖利　放心，我一定会看住他的！

尼　科　（自言自语）真见鬼啦！我真想喝上一碗豆汤，因为我一两个星期前就已经是饥肠辘辘了。不过，当我看到我童年时所走过的道路时，我就激动万分，把饥饿全都忘记了。

埃斯科　（对尼科说）你就是那个混蛋？！想一想你犯下的滔
　　　　天罪行，你非法抢占别人的钱财，然后携带赃物潜逃。
　　　　你好好想一想，你这个可悲的家伙！

尼　　科　闭嘴，你这个偷鸡摸狗的家伙，你这个瞪着眼珠的猫
　　　　头鹰。如果我能从绳索里把手挣脱出来的话，我就会
　　　　拔掉你的头发，把它撒在空中，让它随风到处飞扬。

埃斯科　别胡说！我觉得醉意好像又回来了，这个混蛋好像又
　　　　给了我新的勇气。你这个无赖！你骂我，是吗？你得
　　　　小心，否则我要掐你的喉咙。你想干什么？你的手都
　　　　被绑住了。

撒盖利　别动他，埃斯科，记住，他是我们的犯人！

依法利　（把马和马车一起拉上了舞台）埃斯科，你在谴责谁
　　　　啊？

埃斯科　这个无耻的家伙，他刚才骂我，因为我以耶稣基督的
　　　　名义谴责他的偷盗行为。

依法利　他不能容忍头脑简单的人，如果我们谴责他，因为他
　　　　做了我们应该对他表示感谢的事，那么我们就是头脑
　　　　简单的人。——现在全体上车。我的马儿甩鼻摆尾，
　　　　好像有点儿坐卧不安。（大家都坐上马车）我是车夫，
　　　　坐在前头，舅舅，你跟我们的宝贝坐在我们中间，然
　　　　后是埃斯科，你，拿着你的黑簧管，坐在后面，你要
　　　　大声地吹，吹得天崩地裂！

安德累斯　我吹！

依法利　但是要当心，别从后面掉下去，因为我的马儿跑起来

像飞一样!

安德累斯　我不会掉下去的。

依法利　埃斯科,你的帽子在哪里?

埃斯科　我把它留在树林里了,就让它留在那里吧,即使是 10 顶帽子,我也会把它们留在树林里。

依法利　是的。从今以后我们都要戴丝绸帽子啦!

埃斯科　我们还要戴金手表。我们要给自己买一所官邸或者租用某老爷的庄园。

依法利　我马上这样做。

埃斯科　依法利,我当农庄的工头!

依法利　我聘你为农庄的工头,我让舅舅当我的林务官,让我父亲当村长,这样村长夫人就成了我们的管家!

埃斯科　村长夫人是谁?

依法利　我们的母亲,你懂吗?

埃斯科　是的,是的,现在我明白了。

依法利　请大家扶好,我要抽鞭子啦!当心,吹鼓手,别松手!

安德累斯　我不松手,我不松手!

依法利　现在我们出发了!让开!大富翁来了! ——吹欢乐进行曲,裁缝,吹欢乐进行曲! (众人下,安德累斯吹奏波利进行曲,其他人引吭高歌。——两位不请自来的客人从左边上)

客人一　黑簧管嘀嘀嗒嗒地吹着,让我们赶快走吧! (树林里传来米科痛苦的呼叫声)谁在那里呻吟?

客人二　我也听到有人在呻吟。

客 人 一 让我们走过去看看！（客人下。一会儿他们回来的时候，用手抬着米科，米科有一只脚扭伤了。）

米　　科 我的脚扭伤了，把我送到牧师长（即领唱人）家！

客 人 一 领唱人去努米村鞋匠家参加婚礼了。我们把你抬到那里吧！

米　　科 真是活见鬼，我一定要去那里吗？！

客 人 二 他在那里，我们可以肯定。你的脚是不是伤得很重？

米　　科 痛得够呛！

客 人 一 的确是骨折了。这是怎么发生的？

米　　科 我发疯似的跑着去追赶一条母狗，这条狗连蹦带跳，动作非常敏捷，它就是这样引诱我离开它的异性伙伴。我一失脚跌倒了，结果把脚扭了。（自言自语）该死的埃斯科，是你吓唬我，结果就出现这一切！幸亏他没有看见我摔倒。（大声地）哎哟，我的脚疼得火辣辣的！哎哟，我的脚疼死我啦！

客 人 一 所以，让我们赶紧送你到努米村鞋匠家去！

米　　科 见鬼！我不去那里！

客 人 一 你要想你的脚将来能痊愈的话，赶紧到努米村鞋匠家去。必须把你的脚绑上绷带。要是有点儿延误，那就糟糕了，你很可能成为瘸腿。——跟我一起把他抬走，让我们赶快走吧！（客人抬着米科下）

第 五 幕

（台右是图比亚斯房屋的外面。台左是一张桌子，上面有一瓶酒，两只杯子，全麦面包和白糖。台后是一片长有松林的荒原。图比亚斯和赛贝乌斯从台左上）

图比亚斯　看哪！看哪！玛尔塔把桌子摆得多么漂亮啊，并且她还把它搬到了外面的庭院里。大户人家的气派她从年轻时起就有，因为她曾在利乌塔拉庄园当过佣人，而且她在那里还干了 7 年。女主人很喜欢她，男主人也是如此，尽管有时连他们也得闭嘴，因为玛尔塔干活很泼辣。她就是这样的姑娘。当时我在庄园里修鞋，这样我们就互相认识了，接着我们就越来越接近，最终成了夫妻。真倒霉！由于埃斯科我只得向教堂交纳罚款。算了，不说了吧！俗话说，"年轻时荒唐，老年时聪慧。"年轻人就像头雄獐那样野性十足，猛打猛冲，根本不考虑后果如何，直到现在他仍然是如此。

赛贝乌斯　过去我们高举拳头，紧闭嘴巴，向我们的欲望开火，但人的意志却越来越坚强。可是这个家族缺乏意志力，

他们随着黑簧管的乐声而跳舞，但他们是想怎么吹就怎么吹。

图比亚斯 是的，没错。——领唱人，贝尔托拉家举行圆木（盖房）塔尔卡时，年轻人和老年人都是随着维洛风笛的乐声而跳舞的，你还记得吗？

赛贝乌斯 我是在因公出差的路上到达他们家的。

图比亚斯 那里还耍了个花招。当我正要离开他们家时，木匠把我的眼睛碰了一下。这个混蛋！当时我什么也不知道，等我回到家玛尔塔为此事指责我时我才知道。噢，那些都是过去的事，让我们把它们都忘记了吧。不过，在这种情况下，不管是真还是假，在这个世界上我们还是经受了种种考验。有的学者认为世界像我的脑袋那样是圆的，并且在太空中旋转。领唱人，你对此有什么看法？

赛贝乌斯 我坚持圣歌中的看法。"这里没有地轴，也没有极点，这里只有自由流淌着的水。"

图比亚斯 我也是这样看的。——世界在水面上旋转，它像圣诞节的蛋糕那样大。——是的，这个世界是圆的，它充满了峡谷峭壁，在那里人们很快就沉静下来。（两只杯子都倒满了酒）然而，请看，最终会是怎么样。让我们喝酒吧，让我们忘记这一切吧！在人生的旅途中，让我们同时喝酒，欢笑，哭泣吧！——领唱人，请！别绞杀埃斯科的婚礼，否则我会为我的儿子感到不高兴的。

赛贝乌斯　我想喝！

图比亚斯　干杯，领唱人，干杯！

赛贝乌斯　不，图比亚斯，我只是尝一尝！

图比亚斯　随你的便，不过，为了埃斯科，干杯！（他们喝酒，
赛贝乌斯只尝了一口）

图比亚斯　糖还是面包，随你的便，因为，你知道吗？我的积蓄
并不像你们想的那样空虚，什么时候需要什么时候就
会冒出来。鞋匠图比亚斯生活的意义是什么？他的计
策在他的脑里，计策的实施在他的手里。他有健康的
身体、眼睛、耳朵和其他的器官，他有胆大泼辣的妻子，
两个儿子，他独立自主地生活在这片自由的、回声缭
绕的松林荒原上。——是的，荒原上有着嘹亮的回声，
领唱人，用你的歌声把它唤醒吧！

赛贝乌斯　现在不是唱圣歌的时候，这里也不是唱圣歌的地方。

图比亚斯　就喊几声，让我们听听回声吧！

赛贝乌斯　啦，啦，啦，啦！——（回声）

图比亚斯　啦，啦，啦，啦！——（唱歌）"我们满得莱家的孩
子——"嗨！（把帽子扔到空中。玛尔塔从房间里走
出来，并且一把就抓住了他的头发）

玛　尔　塔　闭嘴，你这个秃鹰！——你们在外面干什么？请领唱
人进屋。（走进房间）

图比亚斯　（从地上拿起帽子）这是埃斯科的大舌帽，他去迎亲
把我的帽子戴走了。（喝酒）

赛贝乌斯　请相信我，这件事让我大吃一惊，也就是抓头发这件

事，来得很突然。

图比亚斯 她抓了一下我头上的前发，但我宽恕她。在操办婚事过程中，她的确是很激动，很容易生气。她是火暴性子。她的动作多么利索啊，你注意到了没有？一会儿她像子弹那样来到这里，一会儿她又像子弹那样走进了屋子，在这期间她还抓了一下我的头发。

赛贝乌斯 女人当道是个令人悲伤的信号，它预示着国家的毁灭。在罗马，当苛政快崩溃时，娼妓和荡妇统治了一切，丈夫在妻子面前吓得发抖。这是多么大的耻辱啊！这一切都是淫乱放荡的结果。图比亚斯！我是尊重女人的，但我要说的是，当她们穿上裤子，准备要揍我们，打我们的耳光，（有意思地向图比亚斯看了一眼）抓我们的头发时，这意味着世界末日，世界消亡和永恒的混乱正在向我们接近。

图比亚斯 当我事后认真地想了想，我觉得玛尔塔这样做的确有点儿伤风败俗。好家伙！这真使我恼火。抓我的头发！你这个吉卜赛人！好吧，从今以后我要对你严加管教，直到你改正错误为止。现在最好还是不要提这件事了。——请进，领唱人，请进！（给赛贝乌斯开门，然后赛贝乌斯就走了进去）我马上就来！（喝了口酒，嘴里又放了一块糖，玛尔塔上）我要在这里盯着看，我要沿路凝神注视，像等待日出那样等待迎亲队伍归来。

玛 尔 塔 谁知道要等多久！

图比亚斯　按照事先的决定，今天晚上他们必须回来。

玛 尔 塔　他们也许今天回来，也许明天回来，也许什么时候回来就什么时候回来。不过，你得想一想，要是没有带着新娘回来，那就糟糕啦！

图比亚斯　没有带新娘？

玛 尔 塔　姑娘或者她的养父也许改变了主意！

图比亚斯　不可能！这桩亲事是以男人的方式握手决定的。

玛 尔 塔　天下没有不可能发生的事。要是发生这样的事，那么雅娜获得遗产的把握要比我们的儿子埃斯科大得多，她只缺第三次宣读。她和那个该死的木匠要从我们这里把 500 克朗夺走，我一想到此事，我的心就好像被地狱之火烧灼似的。但愿上帝保佑！我发誓，决不让这样的事发生，万一这个笨蛋没有带着新娘回来，那么我要让他满意地接受我给他找的姑娘。我有个朋友，她像只饥饿的老鹰贪婪地等候着埃斯科，因此她可以做他的后备新娘。让他们马上就结婚，不过你还得跟牧师长策划一下。

图比亚斯　我照你的愿望办。不过这类的行动我们用不着害怕，他们很快就会回来的，坐在埃斯科旁边的是像鲜花那样美丽的新娘。他们是喜结良缘、白头到老的新婚夫妇，否则他们是不会在路上耽搁三个星期的。他们一会儿就会在黑簧管的吹奏声中回家来了。裁缝安德累斯手里拿着黑簧管正在岔道上等着他们哩。我发誓保证，玛尔塔，今晚在这里，在这块平地上，我们一起

还要跳波尔卡舞呐。——不过，让我们想一想依法利吧，他还没有回来，这是怎么回事儿？

玛尔塔 他还活着，这我们是知道的。在海门林纳市街上有人看见他了，但他是烂醉如泥，走起路来摇摇晃晃的。

图比亚斯 你这个坏家伙，现在就该揍你一顿，可是没有用。该死的，等你回到家，你看着吧！

玛尔塔 我要狠狠地揍他，让他在床上一动不动地躺一个星期。——现在你还是进屋去陪陪领唱人，不过我要提醒你，要是你不想被关在猪圈里，那么今天你可别喝得醉醺醺的。

图比亚斯 关在猪圈里？在这个大喜的日子里，玛尔塔，别像猪似的说话。

玛尔塔 进屋去，别唠唠叨叨！（图比亚斯下，玛尔塔独自一人）你还不回家，你这个无赖。如果你还不马上回来，我就要扭歪你的脖子，因为今天不是开玩笑的日子。——（雅娜上）她来了。感谢上帝，今天你没有耽搁太久！——你拿到芥末了没有？

雅　娜 没有，他说他没有芥末。

玛尔塔 你这个笨蛋，你大概什么都干不了。

雅　娜 我没有拿到芥末。

玛尔塔 所以你是个废物。

雅　娜 我该怎么办呢？

玛尔塔 住嘴！快去彼利塔家，提醒他一下，他欠了我10个鸡蛋，告诉他，如果他不还，我就上他家，像过去魔

鬼挖眼球那样把他的眼球从眼睛里抠出来。（雅娜走到右边。莱娜·加来上）

莱　　娜　我想依法利还没有从城里回来，是吗？

玛 尔 塔　是的。

莱　　娜　我可以肯定他一定把我买鸟枪的钱给喝光了，我现在也许不会有猎鸟的工具了。

玛 尔 塔　也许是这样。

莱　　娜　但你们要赔偿我因你们的儿子而受到的损失！

玛 尔 塔　等着瞧吧！（安娜婆婆上）

安　　娜　婆婆　你好，努米村鞋匠的老婆子！你家进城的儿子有什么消息？我怕我拿不到鼻烟啦，我的钱也拿不回来啦！

玛 尔 塔　我也是这样想的。

安娜婆婆　你这个可怜的儿子，他会在哪里呢？在城里的酒店里还是在路边的酒店里？他就是在如此糟糕的地方消磨他的时间。

玛 尔 塔　如果你们想了解情况，就赶紧去找他。

安娜婆婆　过去这都是您的事情，您是他母亲，不是吗！

玛 尔 塔　住嘴，老太婆！否则我要把你一脚踢回老家去！（克里斯多从左边上）你想干什么？

克里斯多　别这样怒气冲冲的，努米村的玛尔塔！我给你们带来了好消息。埃斯科带着他的年轻妻子回来了，他的妻子很漂亮，面颊就像初升的太阳那样红通通的，两只眼睛就像两颗太阳光芒四射。他们很快就到了。埃斯

科刚才在贝尔托拉家的院子里给马饮水。

玛 尔 塔　你在撒谎，伙计！

克里斯多　我说的都是真的！（传来黑簧管的吹奏声）他们来了！（自言自语）我还听到了马车轱辘转动的声音。我是怎么想的？米科会不会在骗我？如果真是这样，那我是在这里撒谎。（图比亚斯和赛贝乌斯从屋里走了出来，前者有点儿喝醉了）

图比亚斯　我听到了黑簧管的声音，他们来了。

克里斯多　他们马上就到！

图比亚斯　要有婚礼的气氛，热闹起来吧！裁缝该吹什么进行曲？

赛贝乌斯　波利进行曲！

图比亚斯　波利进行曲！让荒原像追赶狼群时那样回声嘹亮！——那里传来的是什么声音？

克里斯多　就像追赶狼群时大家发出的喊叫声。

图比亚斯　这个声音？

克里斯多　呼喊声和欢乐声！

图比亚斯　没错，木匠！尽情欢乐吧！我们现在过圣诞节了！让我们重归于好，木匠！现在我饶恕所有的人，连魔鬼我也饶恕，尽管它折磨过我们，像潮水那样随着我们奔流而下。——这是我的手，木匠！

克里斯多　这是我的手！（握手）

图比亚斯　我们永远是朋友！

克里斯多　能持续多久就持续多久！

图比亚斯　是的，木匠!

赛贝乌斯　（自言自语）友情和流水，现在它们结合成一体了。

图比亚斯　埃斯科的婚礼!

玛尔塔　你这个蠢猪，尽管我坚决不让你喝，但你还是喝醉了，是吗?

图比亚斯　蠢猪! 亲爱的玛尔塔，今晚你千万别自讨苦吃，否则我会盛怒之下逃之夭夭!

玛尔塔　如果你想走你就走吧!

图比亚斯　难道你们不需要我了吗? 我是这个家的主人。我不怕你，现在我们是多数，我们一定能把你打败。——蠢猪! 别让我心头火起!

玛尔塔　我说，闭嘴!

赛贝乌斯　冷静，冷静，丈夫和妻子! 现在不许吵嘴! 让我们以基督教的仪式迎接新郎和新娘吧!

图比亚斯　以基督教的仪式手里拿着点亮了的灯笼。新郎来了! ——那黑乎乎的麻袋里是什么东西? （依法利、撒盖利、尼科、埃斯科和安德累斯上，他们都坐着马车，同时在黑簧管的吹奏下还大声歌唱。撒盖利和安德累斯还举帽致意）

玛尔塔　（自言自语）上帝保佑! 我开始觉得情况有点儿不对头!

图比亚斯　我想问一下，这个黑麻袋里是什么东西?

依法利　这是钱袋儿。——大家下车! 我想吃东西! （大家走下马车，依法利把棕色马从舞台牵走）

图比亚斯　如果可以的话，请你们把我所看到的东西解释一下！

撒盖利　（指了指尼科）看一看这幅图画！你没有注意到什么吗？

图比亚斯　一切都跟做梦一样！为什么把他捆绑起来？你为什么要拽住绑他脚的绳子？

撒盖利　这是个宝贝！（依法利又回来了）把事情讲给大家听，依法利！

依法利　请大家听着，请大家听好消息！过去我放荡不羁，比败家子还坏。我的妈啊！我把所有的钱全都买酒喝了，其中包括一车萝卜的钱，买婚宴所需东西的钱以及村里人托我买东西的钱，但是，这儿的东西可以填补所有的空缺，这儿是 700 克朗！

图比亚斯　700 克朗！这是怎么一回事，依法利？

依法利　他就是偷盗外国伯爵钱财的小偷，是我在中途酒店把他抓住的。悬赏的钱都归我了。父亲，我们成了富人啦！

图比亚斯　一头短发，尖胡子和左鼻孔旁的黑痣，一点儿都不错。现在让太阳射出万道霞光，让天空雷声轰鸣，欢乐的日子已经来临了，我高兴得两眼发黑！我高兴得真想吻吻你，小偷！——700 克朗，还要再加 500 克朗！

依法利　我们买房子！

图比亚斯　我们买豪宅！你瞧，玛尔塔，我亲爱的玛尔塔，现在我们成了幸运儿啦！

依法利　父亲和母亲，我请求你们忘记我做的坏事！

图比亚斯　一切都已忘记，你这个英勇的孩子。现在我们只谈这件幸运的事！

依 法 利　我也想替埃斯科说几句话。他的情况很糟糕，他们骗了他，把他的新娘给了别人，但这不能怪他，另外他们在路上耽搁了那么长时间，这也不能怪他。米科是个骗子。他把埃斯科的钱全部喝光，像强盗一样跟他的同伴分手，走的时候还打了他一记耳光。米科就是这样干的！

图比亚斯　听起来的确有点儿伤心——

玛 尔 塔　让新娘和米科见鬼去吧！

图比亚斯　真糟糕，不过，在这欢乐的时刻，让我们忘记这一切，让我们互相和解吧！

玛 尔 塔　如果情况正如看起来那样，那么依法利和埃斯科就可以不用挨揍了！（雅娜上）

图比亚斯　雅娜我的姑娘，你来听一听，我们是多么走运啊！这儿就是这位大盗贼，现在已经被抓住了！

尼　　科　你是我的雅娜，我的小天使？快来，帮你父亲松绑，这样他就能好好地拥抱你！

图比亚斯　他说什么？

雅　　娜　您是我父亲？

尼　　科　水手尼科，逃犯，但不是小偷。你可以放心，我的女儿！

安娜婆婆　啊，天哪！尽管你变了很多，但你的确是耶维莱家的尼科。——你还认识我吗？

尼　　科　我想你是安娜婆婆，对吗？

安娜婆婆	是的，我就是安娜婆婆，是我把你接生到这个世界上来的！
图比亚斯	那你认识我吗？
尼　科	我从来也没有把你忘掉过。在浩瀚无际的大海上航行时，我一想起我家乡的亲朋好友，思念之泪就往往扑簌簌地流了下来。
图比亚斯	可怜的人啊！作为你的朋友我对你的遭遇深表同情。
尼　科	谢谢。但每当我想起你，想起你的头发，真挚的眼睛，汗毛茸茸的脸蛋儿时，我的哭声就变成了笑声，我就放声大笑，笑得我的船舱都来回晃动。
图比亚斯	真是这样的吗？你这个老贼。不过，你根本不认识我。这个汗毛茸茸的脸蛋儿是谁的脸蛋儿？
尼　科	这是努米村鞋匠玛尔塔丈夫的脸蛋儿。
图比亚斯	你也许是瞎猜的。问问我关于我生活的经历。
尼　科	你的背脊尝过玛尔塔那根木棒的滋味没有？
图比亚斯	啊哈，哈哈，你真是气得我够呛！你是不是想打我？但你无法动手。现在我认出你来了，你是我的老邻居。请看，你的手都被乖乖地绑住了。
尼　科	我并不想打别人妻子的丈夫。——不过，赶快把绳索给我解开。
雅　娜	（自言自语）我是不是见到了我的父亲？但他是小偷？我感到万分惊讶。
克里斯多	（自言自语）我希望能交上好运，但我做最坏的准备。
尼　科	给我松绑，否则我就会像飞速转动的碾磨石那样撞得

粉身碎骨。——把绳索都解开！

撒 盖 利　你是我们的犯人。

尼　　科　你们为什么把我抓起来？

撒 盖 利　因为你是窃贼。

尼　　科　窃贼！（拉断手上的绳索）你这个流氓！拿出证据来，否则你会后悔的，解开捆绑在脚上的绳索。（他使劲拽了一下他那被捆绑住的脚，撒盖利就倒在地上，依法利和图比亚斯准备扑向尼科）如果你们想保住脑袋，你们就不要过来！

克里斯多　你们别碰他，告诉大家你们为什么要把他捆绑起来。我站在这儿，我要为他辩护。

撒 盖 利　请大家注意，不要让他跑了。

图比亚斯　他跑不了。

依 法 利　我们把他控制住了。

尼　　科　我马上就走。——可是你是我的女儿啊！（拥抱雅娜）我的雅娜，你原谅我吗？

雅　　娜　只要您不是他们所控告您那样，您做的一切我都原谅。

尼　　科　我是个正直的人，除了我有一次弃船逃跑外，我没有犯过任何其他的罪行，而我已经为我弃船脱逃在图尔库监狱服了刑，盗窃事件就发生在我服刑的时候，这帮人硬要我承认这是我干的。那时我在图尔库的监狱里，我是直接从英格兰坐船来到那里的。这一切我都有证据可以证明。在我的护照里也有记录，我要求那个人把护照还给我。

撒盖利　到时候给你。

依法利　（自言自语）难道金子要从我们手中溜掉？不过，我
　　　　不相信。

埃斯科　（他站在别人的后面。自言自语）我害怕，我害怕。（陪
　　　　审员埃利基上）

图比亚斯　陪审员来得正是时候。——以法庭的名义我呼吁你们
　　　　认真对待这个人，他是被通缉的盗窃伯爵钱财的窃贼，
　　　　是我的儿子依法利把他抓住的。

埃利基　你在胡说些什么！那个窃贼昨天已经在法那亚教堂被
　　　　捕了，我是亲眼看见的。

依法利　我的天哪！这下我又要倒霉啦！

埃斯科　（自言自语）我的运气太不好啦！

尼　科　我的朋友埃利基，你为什么要盯着我看？

埃利基　你又在耍什么花招，尼科？你的胡子怎么啦？你这个
　　　　骗子，你那浓密的胡子去哪里了？两三天前我在海门
　　　　林纳市看见你的时候，你还留着这个胡子呢。

尼　科　你听一听这个小故事，如果愿意的话，让其他人也听
　　　　一听吧。这两个人是从城里来的，在中途酒店，我在
　　　　他们身上耍了个花招。在酒店，他们谈到有关一个窃
　　　　贼的事情，据说这家伙就在附近这一带，他们希望能
　　　　把他抓住，这样就可以获得一大笔奖赏。那个黑头发
　　　　小伙子说，如果他把这个窃贼抓住的话，他就会马上
　　　　把他拉上马车，送他到他的家乡，然后交给警长。我
　　　　发现他跟我都来自同一个教区。因为我太累了，我很

想坐马车回家。因此，我跟店主偷偷地结成一伙，这样我就化装成了那个窃贼的模样。一切都按计划进行。店主把我的头发剪成短发，我把胡子刮掉，只留下这一小撮山羊胡，我在鼻孔旁还按了个黑痣。——让我把它去掉吧！（把黑痣擦掉）——我还穿戴上店主给我的别人的帽子和上衣。这样一来，这个大盗贼就活生生地出现在店堂里了。这两个家伙就像老鹰抓小鸡那样马上扑到我身上，用绳索把我捆绑起来，他们欣喜若狂，因为他们以为找到了一个贵重的宝贝，他们就这样用马车把我送回了家。我现在就站在这儿，谢谢你们送我回家。

埃利基 （放声大笑）你这个老狐狸！

雅　娜 我的父亲，欢迎，欢迎回家！

克里斯多 欢迎，欢迎！您来得正是时候。啊，多么幸福的时刻呀！这儿是雅娜的父亲，姑娘真正的监护人。（对着陪审员）陪审员，请您当我的媒人吧。

埃利基 我很乐意。尼科，这位是木匠克里斯多，他是既机灵又能干，他深深地爱着你的女儿，让木匠娶你的女儿吧，他应该得到一个好妻子。

尼　科 我的雅娜，你自己觉得怎么样？

雅　娜 我想实话实说。啊！您是我的父亲，我的支柱，我的监护人，不是吗？我再也用不着害怕外人对我的仇恨，不是吗？我愿意把我的心里话向您诉说。——这个男人我早就爱上了，我对他是朝思暮想。我最热切的愿

望就是做他的妻子，但他们硬是阻止我们喜结良缘。啊，我的父亲，我是经受了很多的苦难啊！

尼　科　这我相信。你的眼神就像六翼天使*的眼神。

雅　娜　但我不想抱怨，我不想这样做。现在一切又好起来了。

赛贝乌斯　姑娘的确吃了不少苦，不过俗话说，"青鱼在盐水中是不会变坏的"。

尼　科　是啊，领唱人，她是个很能干的姑娘，这点我已经看到了。——拉着你朋友的手，我也宣布你们订婚。（克里斯多和雅娜拉着彼此的手）

玛尔塔　（自言自语）一切都完了。该死的，该死的！我实在无法忍受了。

尼　科　本星期日进行第三次宣读。

克里斯多　那天我们也将举行婚礼，然后我们去取 500 克朗。现在这笔钱肯定是属于我们的，因为埃斯科不可能再跟我们比赛了。即使他现在决定马上订婚，那么到结婚还要过 3 个星期，而我们只要 5 天就可以结婚了。胜利是属于我们的！然而，我的姑娘，我知道你肯定是我的妻子，但从你的方面来看，你觉得这一切怎么样？——不管怎样，胜利是属于我们的！

赛贝乌斯　神灵之手啊，真挚的神灵之手啊！——我要实话实说。这个无依无靠的姑娘经受了各种阴谋诡计的折磨，她的权利被剥夺，她那合法的婚事受到阻挠，不过现在

---

　　*　六翼天使是天使中最高位的天使，是最纯洁的意思。

一切都变了。你们这些把神灵引导你们的船舵拒之门外的人，但现在请你们到这儿来，请你们到努米村鞋匠家的庭院里来，看一看出现在你们眼前的情景吧。它不得不像雷雨中的蓝色闪电那样狠狠地打在你们的身上——邪恶的力量的确很强大，但正义的力量要比它更强大，这真是使人欣慰啊！——噢，那里抬过来的是什么玩意儿？（不请自来的客人，他们抬着米科从左边上）

埃 斯 科 原来是你，米科？（客人让米科坐在地上）

客 人 一 我们把这个家伙抬到这里是为了让领唱人给他包扎一下。他把脚扭断了。

埃 斯 科 噢，是这样，米科！好啊，我并不想幸灾乐祸，你这是自作自受。

图比亚斯 你这个流氓！不过，对我来说，你现在成了被打倒了的敌人，因此你就安安静静地坐在这儿吧。

赛贝乌斯 是啊，这里正义之神再次挥动它的宝剑。天哪！感谢上帝的惩罚，否则邪恶、嘲讽、欺诈和堕落就会在这里无法无天，横行霸道，毁灭的黑暗就会永远被我们继承下来。但是，天哪！公平与正义是一定会给予惩罚的。就是这样，米科·维尔加斯，他是种瓜得瓜，种豆得豆，不过，希望他从今以后能耕种得聪明一些。（看了看他的脚）骨头断得够呛。你或许要在床上躺七个星期，然而，你可以确定，你将一瘸一拐地进入你的坟墓，死时你将是个瘸子，伙计。——不过，你

们要把他抬到大路旁的彼利特家去。他们那里总是存有这样那样的药草。把他带过去，我很快就来。（客人抬着米科下）

埃 利 基 我这是履行公事。——埃斯科，加利要上法庭控告你，因为你在他养女的婚礼上胡作非为。9 月 3 日法庭在哈居莱村玛蒂拉屋里开始审理这一案件。——我的孩子，这次你得交纳很大一笔罚金哩。

图比亚斯 我听见什么了？

玛 尔 塔 （自言自语）还有这事儿？

图比亚斯 （对着埃斯科）不过，我无法相信你是我的儿子。你是谁？

埃 斯 科 埃斯科。

图比亚斯 说你是埃斯科的幽灵。——没有帽子，只有一只鞋！你是谁，伙计？

埃 斯 科 埃斯科。

图比亚斯 你是有血有肉吗？过来，让我摸你一下，否则我不相信你是埃斯科。——走过来！

赛贝乌斯 你父亲叫你怎么做你就怎么做。（埃斯科慢慢地走近他父亲）

图比亚斯 （喝得醉醺醺的，把两只手放在埃斯科的肩膀上）啊，我们现在可要分开了。走吧，走吧！永远也别让我的眼睛再看见你！走吧！

赛贝乌斯 你父亲叫你怎么做你就怎么做。（埃斯科从他父亲那里走过来几步）

图比亚斯　带上属于你的东西。给你的帽子。（从头上脱下帽子扔到埃斯科的脚下，埃斯科转了一圈，把帽子捡起来，然后戴在头上）你还有资格结婚吗？蠢猪！——把结婚证还给我！（埃斯科把结婚证给了他，图比亚斯看了一下）这个鸟爪是什么？——不回答。这个鸟爪？我在问你。

埃　斯　科　没错，这是我的记号。我觉得为了合法起见结婚证需要我的记号。

赛贝乌斯　你真是胆大包天！

图比亚斯　（把结婚证撕碎，并且把碎片扔向埃斯科）你这个笨蛋！

埃　斯　科　替我说话，依法利！

图比亚斯　啊哈，瞧，依法利，他是你的最佳辩护人。（对着依法利）我真想把你也关起来。——那一车萝卜的钱在哪里？

安娜婆婆　我要买的鼻烟在哪里？

莱　　娜　我的火药和铅弹在哪里？

依　法　利　（自言自语）这下我完了。——我要装疯，这也许能拯救我的背脊。（贼头贼脑地转动他的眼睛）

图比亚斯　所有的钱是怎么花的，包括一车萝卜的钱和购物的钱，都必须说清楚，伙计。你的运气太不好了，埃斯科也是如此。愿上天保护我免受你们的影响！

依　法　利　（装疯）蠕虫从天上掉了下来，结果脚都摔断了。

图比亚斯　谁？

依 法 利　　蠕虫。

图比亚斯　　是吗？

依 法 利　　正如圣彼得所说，这个世界变得乱七八糟了。

图比亚斯　　我的孩子，别搞这一套来骗我们。

依 法 利　　我的脑袋好像炒豆子似的噼里啪啦作响。

赛贝乌斯　　大流氓，大骗子！

埃 斯 科　　他也许是认真的，因为此时此刻他跟我一样心里非常

　　　　　　难过。

依 法 利　　把痛苦装进麻袋，把麻袋放进猪圈，把门闩插上。——

　　　　　　不过，你从我的头上听见什么了？

埃 斯 科　　我什么也没听见。

依 法 利　　那里有声音。

埃 斯 科　　什么声音？

依 法 利　　声音不太大。

埃 斯 科　　别这样看人。你的模样太可怕了。

依 法 利　　你的模样像毛线那样是红的。——"红色吞没黑色"，

　　　　　　这个谜是什么？

埃 斯 科　　现在我对这个不感兴趣。

依 法 利　　我为你祈祷。你猜一猜这个谜 "红色吞没黑色"。

埃 斯 科　　这是围着黑锅燃烧的火焰。不过，亲爱的兄弟，告诉我，

　　　　　　你是不是真的疯了？

赛贝乌斯　　他疯了？！这个大骗子！

图比亚斯　　跟我一样聪明。

依 法 利　　（自言自语）看来装疯也不行。

图比亚斯　你瞧，领唱人，这些就是我的儿子！他们是对我的惩罚。

赛贝乌斯　"及时管教，胜过以后的麻烦！"

图比亚斯　我们是这样唱的，但这种惩罚太严酷了。——依法利，我用什么替你偿还被你喝掉的给村民购物的钱呢？埃斯科，我用什么支付你的罚金呢？你们这些混蛋！该狠狠地揍你们一顿。——埃斯科，我用什么支付你的罚金呢？

埃 利 基　扰乱婚礼者要被处以很重的罚金。

埃 斯 科　罚金不是很大的问题，陪审员。我还没有到成年的年龄，因此，如果我愿意的话，我只要在法院前厅里挨一小顿棍棒打就可以摆脱这件事儿。但对我来说这是一种耻辱。——然而，我要说的是：别拿罚金来吓唬我。

埃 利 基　你觉得怎么做最好你就怎么做。我已经完成了我的任务。

赛贝乌斯　好啊，今天是善有善报，恶有恶报。这真是正义之日啊！

图比亚斯　领唱人，我请您来是参加我儿子的婚礼，但现在看来不可能有什么庆典了，不过我还是邀请您了。

赛贝乌斯　我感谢你的邀请！但我觉得我成了外人，对我的言行你用不着感到羞耻。我是实话实说。我说，这件事对你以及其他人来说，是一种惩罚，一种警告，但对姑娘来说，这是她应得的幸福。雅娜，你为此而高兴吧！

雅 　娜　欢乐的日子终于来临了，以前我从阴暗的山谷遥望这

样的日子时，我看到的只是一道很遥远的光线，它并不想向我靠近。现在它来到了我的身边，但我却还不敢接近，在温暖的阳光照耀下我像小孩子那样扭扭捏捏。——现在我突然找到了我那仁慈的父亲，他是我最亲的亲人。父亲，我想把我母亲临死时的遗言告诉你。她并没有骂您，压根儿没有骂您，她反而为您祈祷，她说："如果你父亲还回到你的身边的话，把我的问候告诉他，对他说，我欢迎海上迷途的浪子回来。"在她合上眼皮之前一瞬间她就是这样对我说的。

尼　　科 （擦了一下眼泪）今天大慈大悲的天使主导了一切。它挥动着雪白色的旗子把我的小船从波涛汹涌的大海导向宁静的港湾，现在我的周围又是我童年时所熟悉的环境：草地、荒原、刚收割的农田、竖立在地里的草垛和热气腾腾的打麦场。这一切我都看见了，周围的声音我也都听到了。今天这样的情景在我有生之年恐怕再也看不到了，因此我要高高兴兴地度过这一天。此时此刻，不应该让恨我的人和因我的幸运而妒忌我的人出现。——在座的各位，我想和你们重归于好，让我们眼中的仇恨之火变成友情之光吧！伙计们，乡亲们，让我们互相和解吧！

赛贝乌斯 我让你把他的话铭记在心，你是代表努米村鞋匠一家。

图比亚斯 （自言自语）他的话的确打动了我的心，难道不是这样吗！？

尼　　科 这个家仍然是雅娜的家，今天晚上让它也成为我的家

吧。——我的雅娜，通过你，我们要让怨恨在这里消失！你说你不抱怨，我也想如此。你不能责怪你的养父养母，因为，请注意，你是从他们身上找到了依靠和呵护，你是从他们手中得到了吃的和穿的！

雅　娜　为此我要感谢他们，我要至死感谢他们！

图比亚斯　（自言自语）她真是个好姑娘，我一直是这样说的。

玛尔塔　雅娜，在你面前我是用不着跟你算账的，但我有一件事要问问你。由于我的脾气暴躁，我曾经用刻薄的语言对待过你，这点我可以证明，但我是否曾经用手打过你？

雅　娜　没有，你从来也没有打过我，我的养母！

玛尔塔　我不打别人的孩子，尽管我像打狗一样打我的孩子，他们是我自己的，我把他们打得死去活来，别人的孩子，我不但不碰他们，我还亲自养活他们！

雅　娜　我也要感谢您对我的严格教养。如果您对我太客气，让我随心所欲，胡作非为，那么我这个可怜的姑娘就会遭到众人的蔑视。然而，我现在能如此大大方方地面对我的父亲和我的未婚夫，这点我必须感谢您。

玛尔塔　（自言自语）我的上帝啊！她的话温暖了我的心！

尼　科　多么美妙的一天啊！我听见了荒原上松树树顶互相摆动摩擦所发出的沙沙声。这是对往日的赞歌！——我们的邻居们，请注意，太阳即将西下，因此，在白日戴上面罩之前，让一切怨恨和迫害都见鬼去吧！我要的是和解！

图比亚斯　我也是要和解，我童年时的伴侣！这是我的手！

尼　　科　你好，图比亚斯，你好！

埃 斯 科　（自言自语）我那铁石心肠也被感动了，就像石头那样，只要移动它，它也会动。（大声地）让我们大家都和解吧！——你好，克里斯多，你好！

克里斯多　你好！

埃 斯 科　好啊！那你呢，依法利？

依 法 利　就这样吧！你好，舅舅撒盖利，让我们一起握手言和，这样我们就能为和解而干杯啦！

赛贝乌斯　这是很严肃的事儿，依法利，不要开玩笑！

依 法 利　虽然我开了点玩笑，但请你们原谅我。我也要以实际行动来取得和解。然而，在从前，我们周围朋友的面孔却都变成了敌人的面孔！

图比亚斯　玛尔塔，你的心肠也该软化一下了。你怎么不说话？

赛贝乌斯　图比亚斯夫人，我想对你说几句话。在众人的心窝里，你认为罪孽都是针对你自己的，这种想法使你的热血不停地沸腾，不过，你要扪心自问，夫人，你必须要找到你这种火暴脾气最初的原因。你要相信这一点！

图比亚斯　玛尔塔，如果你有耳朵，你就好好听一听吧！

玛 尔 塔　难道今天不是一个倒霉的日子吗？我们的儿子都回到了家，但带给我们的是耻辱和最终的毁灭！

埃 斯 科　请你们原谅我们吧！

玛 尔 塔　原谅你们！是不是一切都已经改正了？过去你们出门在外所干的坏事，我们为此而支付的罚金还少吗？我

们现在手上还有驱赶乞丐的木棒呢！（雅娜在她父亲
耳朵旁说了几句）

尼　科　就这样，我的雅娜！大家听听，我的女儿刚才在我的
　　　　耳旁说了些什么，我本人也是这样考虑的。——按照
　　　　我们朋友之间的惯例，战利品都是平分的。我们把所
　　　　得的钱分成两份。250克朗归你们，250克朗归我们！
　　　　你觉得怎么样，克里斯多？

克里斯多　我同意！

尼　科　这样你们，图比亚斯和玛尔塔，就可以很好地处理你
　　　　们孩子所做的蠢事。让他们不要再这样放荡不羁啦！

图比亚斯　尼科，尼科！（紧紧握住他的手）你比我想的要高明。
　　　　一人一半！

尼　科　我说话是算数的，这是雅娜的心愿！

图比亚斯　雅娜，你是春天的花朵！让我拥抱你一下，好吗？老
　　　　头子想拥抱你一下！（拥抱雅娜）

玛尔塔　（自言自语）你真是个好孩子！你的善意比分给我们
　　　　的钱更能打动我的心。

埃利基　这样是最好的啦！让一切都重归于好吧！埃斯科，你
　　　　有空去找一下加利，跟他把这件事解决掉！我认识加
　　　　利，和解你不用花钱，只是你所损坏的东西要赔偿。
　　　　去跟加利和解吧！

埃斯科　我尽早就去和解。

图比亚斯　安娜婆婆，莱娜·加来和另外一个人，你们的损失是
　　　　必须赔偿的！——不过，依法利，从今以后你必须牢

牢记住。

依法利 父亲，我感到羞愧！这样处理要比刑罚所产生的影响大好几千倍。当我想起此事，我就像条狗那样感到羞愧。——我一定痛改前非，重新做人！

赛贝乌斯 好啊，依法利！淘气鬼，现在就那么听话啦！孩子，注意别让我的棍棒打你！

依法利 您打吧！

赛贝乌斯 噢，你们看见了吗？！大家还在树根周围挖土加粪呢，而优良的果子却很快就出现了*！

依法利 我一定要有所作为！

赛贝乌斯 好好干，像男子汉那样好好干！

依法利 我决定到海上去，尼科！

尼　科 这个决定你做得很正确，很大胆，依法利！我从你的性格可以看出，大海是你的谋生之地。

依法利 我要到海上去，等我回来问候父老乡亲们时，我将是一名漂亮的水手，钱包里装的是金子，我要让预言家们感到羞愧。

尼　科 很好！

图比亚斯 哈哈哈，依法利，我的孩子！——就这样干，就这样干，我们到时欢迎你回来！

依法利 就这样决定了。

---

* 见《圣经》中《新约·路加福音》第13章第8节。耶稣对管园的说："看哪，我这三年，来到这无花果树前找果子，竟找不着，把它砍了吧，何必白占土地呢！"管园的说："主啊，今年且留着，等我周围掘开土，加上粪。"

埃 斯 科　让依法利去当水手，我跟我父亲在这里补鞋，我永远
　　　　　也不娶老婆了。老婆意味着什么？我现在认识这一类
　　　　　人了。她们都是骗子。

赛贝乌斯　你或许也考虑好了。

埃 斯 科　我永远也不结婚，这是我的决定。

玛 尔 塔　我已经在屋里摆好了婚宴，但现在让它变成克里斯多
　　　　　和雅娜的订婚宴吧！我邀请你们所有人都参加，请你
　　　　　们进屋！（走进房间，让门敞开）

尼　　科　大家都进屋！一个也不要留在室外。您也进屋，安娜
　　　　　婆婆，还有你，孩子，我不认识你，你是晚辈，对吗？

莱　　娜　我叫莱娜·加来。

尼　　科　请进，莱娜·加来！大家请进。让我们尽情欢乐，让
　　　　　烦恼和忧愁全都靠边站吧！

埃 斯 科　就在今天这一天，忧愁变成了欢乐，疑惑变成了希望。
　　　　　今天是多么多姿多彩啊！

赛贝乌斯　伟大的日子啊！和解的艳阳天代替了惩罚的暴风雨。
　　　　　让我们牢记这一伟大的日子吧！

图比亚斯　请便，朋友们！安德累斯，你走在前面，吹起你的黑
　　　　　簧管，后面跟随着的是参加订婚典礼的贺客！（所有
　　　　　的人走进屋子，走在最前面的是吹着波利进行曲的裁
　　　　　缝）

（全剧终）